Tobias Goldfarb

Das Weihnachtsgespenst

Tobias Goldfarb

Das Weihnachts-gespenst

Eine Adventsgeschichte in 24 Kapiteln

Mit Illustrationen von Verena Körting

arsEdition

Bibliografische Information der Deutschen Nationalbibliothek
Die Deutsche Nationalbibliothek verzeichnet diese Publikation
in der Deutschen Nationalbibliografie;
detaillierte bibliografische Daten sind im Internet
über http://dnb.d-nb.de abrufbar.

FSC www.fsc.org
MIX
Papier aus verantwortungsvollen Quellen
FSC® C002795

Text: Tobias Goldfarb
Cover- und Innenillustrationen: Verena Körting
Covergestaltung: Grafisches Atelier arsEdition, unter Verwendung
einer Illustration von Verena Körting

ISBN 978-3-8458-4266-0

www.arsedition.de

INHALT

Der Geist aller Geister, der gelehrte Professor Phantomio, seufzte und pustete etwas Staub von dem dicken Buch, das aufgeschlagen vor ihm lag. Wer war als Nächstes dran? Da stand es ja: Bob. Einfaches Nachtgespenst. Gerade einmal zweihundert Jahre alt. Na schön, vielleicht gab es ja eine Überraschung.

»Der Nächste bitte!«, rief der Professor mit donnernder Stimme.

Die schwere Tür des Turmzimmers öffnete sich einen kleinen Spalt.

»Bin ich das?«, wisperte ein leises Stimmchen.

»Wie heißt du denn?«, dröhnte der Geist aller Geister.

»Bob«, flüsterte es durch die Ritze zurück.

»Ja, dann bist du dran.«

»Ach, wie schön.«

Die Tür öffnete sich, bis der Professor laut »Halt!« schrie.

»Bist du denn von allen guten Geistern verlassen? Du kommst gefälligst durch das Schlüsselloch rein, wie es sich für ein Nachtgespenst gehört, auch wenn es erst läppische zweihundert Jahre alt ist wie du.«

»'tschuldigung«, säuselte das junge Gespenst, schloss die Tür und flog wie ein leichter Windhauch durchs Schlüsselloch.

»Schon besser«, brummte der Geist aller Geister.

Er musterte die kleine Gestalt, die da vor seinem schweren Schreibtisch schwebte. Schön durchsichtig, das musste man sagen, luftig, nicht zu rauchig, ein leichter Stich ins Blaue, alles in allem eine schöne Gespenster-Erscheinung. Leider nur überhaupt nicht gruselig. Eher umgab dieses junge Nachtgespenst etwas besonders Liebes, Gütiges und Freundliches. Was sollte er mit diesem Geisterkind bloß anfangen? Ach, die Gespenster waren nicht mehr das, was sie früher einmal waren.

»Du bist also ein Nachtgespenst …«, begann er.

Das freundliche Wesen nickte eifrig. »Ja!«

»Und seit zweihundert Jahren spukst du durch die Welt?«

»Ja!«

»Und jagst den Menschen Furcht und Schrecken ein? Vor allem den Kindern, wie es sich für Junggespenster gehört?«

»Nein!«

»Was, nein? Du meinst wohl *Ja* und hast bloß *Nein* gesagt.«

»Ich habe *Nein* gesagt, weil ich *Nein* gemeint habe.«

Der Geist aller Geister schüttelte den Kopf. So etwas hatte er noch nie gehört.

»Wozu soll ein Gespenst gut sein, das niemandem Angst macht?«

Das junge Gespenst wurde fast ganz durchsichtig, so schüchtern war es in diesem Augenblick.

»Ich möchte ja auch jemandem Angst machen. Aber nicht den Kindern.«

Hätte Professor Phantomio eine Stirn gehabt: Er hätte sie jetzt gerunzelt. Zum Glück hatte er wenigstens ein paar buschige Augenbrauen, die er entrüstet hochziehen konnte.

»Soso. Leute erschrecken: ja. Kinder erschrecken: nein. Da wollen wir mal sehen. Du bist jetzt alt genug, um deine Berufung in der Geisterwelt zu finden. Also, was hast du dir vorgestellt? Poltergeist? Irrlicht? Schreckgespenst? Flaschengeist?«

»Nein«, sagte das schüchterne Nachtgespenst wieder mit leiser, aber fester Stimme. »Ich möchte ein Weihnachtsgespenst werden.«

»Ein was?«

»Ein Weihnachtsgespenst.«

Der Geist aller Geister schnaubte. »Unsinn. So etwas gibt es gar nicht.«

»Doch«, widersprach das kleine Nachtgespenst und ein wenig Rot mischte sich in den blau-weißen Nebel seiner Wangen. »Habt Ihr, verehrter Professor Phantomio, noch nie vom Geist der Weihnacht gehört?«

Der hochberühmte Professor fühlte sich ziemlich ertappt, denn er hatte tatsächlich noch nie von diesem speziellen Geist gehört.

»Ach so, doch, na klar, der …«, murmelte er und blätterte hektisch in dem großen, staubigen Geisterverzeichnis, das ebenfalls auf seinem Schreibtisch lag.

»Es war vor ungefähr zweihundert Jahren«, half ihm das schüchterne Nachtgespenst auf die Sprünge, »zu der Zeit, als ich geboren wurde.«

»Moment!«, unterbrach ihn der Professor. »Gespenster werden nicht geboren, sie *erspuken*.«

Das junge Nachtgespenst nickte. »Huch, ja, stimmt natürlich. Ungefähr zur Zeit meiner Erspukung gab es einen Geist, der zur Weihnachtszeit erschien. Er hat einem bösen, geizigen und gierigen Mann einen solchen Schrecken eingejagt, dass der daraufhin gut wurde und allen Kindern jede Menge Weihnachtsgeschenke gegeben hat.«

»Jaja«, murmelte Professor Phantomio und sagte plötzlich: »Aha! Ja, hier ist er ja. *Geist der Weihnacht. Spukte vor zweihundert Jahren in London herum. Hat dem geizigen Geschäftsmann Scrooge zur Weihnachtszeit einen riesigen Schrecken eingejagt. Der wurde daraufhin gutherzig und hat viele Geschenke verteilt. Danach ist dieses Gespenst nicht mehr aufgetaucht.* Mmmh. Jetzt willst du also ein Weihnachtsgespenst werden?«

»Ja, genau.«

»Nun sag mir, Bob: warum?«

»Weil ich den Geruch von Kerzen liebe. Und den Duft von Weihnachtsgebäck. Weil ich Geschenke mag. Und das Warten darauf. Und Tannennadeln und Schnee und Weihnachtslieder und Adventskränze …«

»Jaja, schon gut«, unterbrach ihn der große Phantomio. »Jeder Geist, der etwas Besonderes werden möchte, muss erst zeigen, dass er dafür geeignet ist. Sonst haben wir am Ende lauter Poltergeister, die nicht poltern können, Flaschengeister, die aus Kaffeetassen erscheinen, Irrlichter, die den richtigen Weg anzeigen, und so weiter. Wenn du wirklich ein Weihnachtsgespenst werden möchtest, Rob …«

»Bob«, warf das kleine Gespenst ein.

»… ja, von mir aus«, fuhr der Geist aller Geister fort, »wenn du tatsächlich zur Weihnachtszeit spuken möchtest, dann tu es deinem Vorbild, dem Geist der Weihnacht, gleich: Suche dir einen geizigen und gierigen Menschen und jage ihm einen gehörigen Schrecken ein, sodass er gutherzig und großzügig wird. Dann könnte ich vielleicht darüber nachdenken, dir eine Lizenz als Weihnachtsgespenst zu erteilen. Vielleicht!«

Das kleine Nachtgespenst glühte mittlerweile orange vor Aufregung.

»Danke, Professor Phantomio! Das werde ich tun! Ich werde ihm einen Schrecken einjagen, den er sein Leben lang nicht vergisst, und dann wird sein Herz wieder gut sein und er wird jede Menge Geschenke verteilen«

»Na schön«, brummte der Geist aller Geister. »Ich weiß zwar nicht, wozu das gut sein soll, wenn die Menschen liebenswürdig und großzügig sind, aber offenbar ist das eben die Aufgabe der Weihnachtsgeister. Doch nun beeil dich! Es ist die Nacht zum ersten Advent, wenn du ein richtiges Weihnachtsgespenst werden möchtest, musst du jetzt anfangen zu spuken!«

»Ich eile! Ich fliege!«, rief das kleine Nachtgespenst und verschwand durch das Schlüsselloch. Es hinterließ bloß einen feinen Geruch nach Tannennadeln.

Der Geist aller Geister seufzte tief. »Diese jungen Geister heutzutage«, murmelte er vor sich hin. »Herumspuken, um jemanden zu einem guten Menschen zu machen? Was für eine gespenstische Idee.«

Simone Pfeffenpuhl, Lehrerin und Leiterin der Theater-AG an der Grundschule Kleine Kobolde, seufzte und pustete etwas Kreidestaub von der Liste, die vor ihr auf dem Pult lag. Wer war als Nächstes dran? Da stand es ja: Sophie. Drittes Schuljahr. Bemerkung: Besonders schüchtern. Na schön, vielleicht gab es ja eine Überraschung.

»Die Nächste bitte!«

Die Tür des Klassenzimmers öffnete sich einen kleinen Spalt.

»Bin ich das?«, wisperte ein leises Stimmchen.

»Wie heißt du denn?«

»Sophie«, flüsterte es durch die Ritze zurück.

»Ja, dann bist du dran.«

»Ach, wie schön.« Die Tür öffnete sich und ein Mädchen mit zwei vom Kopf abstehenden Zöpfen betrat das Zimmer.

»Soso«, sagte Simone Pfeffenpuhl, »du möchtest also mit uns Theater spielen?«

»Nein«, antwortete das Mädchen.

»Was, nein? Du meinst wohl *Ja* und hast bloß *Nein* gesagt.«

»Ich habe *Nein* gesagt, weil ich *Nein* gemeint habe.«

»Also, Sophie, du meldest dich hier an, aber hast gar keine Lust, Theater zu spielen …«

Sophie wurde rot bis zur Nasenspitze. »Meine Eltern wollen, dass ich hier mitmache. Ich bin nämlich sehr schüchtern und habe keine Freunde in der Schule. Wir waren deswegen sogar bei einer Ärztin, und die hat gesagt, dass Theaterspielen mir helfen könnte. Aber eigentlich habe ich gar keine Lust. Darf ich jetzt wieder gehen?«

»Mmh«, machte die Lehrerin. Sie musterte das kleine Mädchen, das vor ihrem Schreibtisch stand und schüchtern auf seine Schuhspitzen starrte. Was sollte sie mit diesem Kind bloß anfangen?

Dann hatte sie eine Idee.

»Sophie, ich habe die perfekte Rolle für dich: Scrooge!«

»Skruutsch?«

»Ja, so ungefähr. Dieser Scrooge ist in unserem Stück ein unglaublich geiziger, gieriger alter Geschäftsmann, der niemandem etwas zu Weihnachten schenken möchte.«

»Aber ich bin nicht geizig und gierig!«, protestierte Sophie. »Und erst recht nicht alt. Und auch kein Mann.«

»Eben!«, sagte Simone Pfeffenpuhl und war Feuer und Flamme. »Du bist genau das *Gegenteil* von Ebenezer Scrooge. Und gerade deshalb wirst du ihn so gut spielen können. Es wird für dich sein, als würdest du in eine ganz neue Haut schlüpfen. Ich verspreche dir: Es wird dir Riesenspaß machen!«

»Aber ich spreche nicht gern vor Leuten.«

Die Lehrerin lächelte.

»Du wirst auch gar nichts sagen müssen. Es wird Scrooge sein, der dort auf der Bühne steht, nicht Sophie. Und Scrooge liebt es, vor Leuten zu reden. Versuch es! Nur einmal, und wenn es dir keinen Spaß macht, kannst du gleich wieder aufhören. Einverstanden?«

»In Ordnung«, wisperte das Mädchen.

Simone Pfeffenpuhl schob dem Mädchen einen Stapel zusammengehefteter Blätter zu.

»Das ist unser Stück, von mir selbst geschrieben, frei nach der Weihnachtsgeschichte, die ein Autor namens Charles Dickens vor ungefähr zweihundert Jahren in London geschrieben hat. Ich hoffe, es gefällt dir! Es kommt auch ein Geist darin vor. Schau dir doch bitte den Text auf Seite vier an und versuche, alles, was Scrooge dort sagt, auswendig zu lernen. Keine Bange, es sind nur ein paar Sätze. Am Mittwoch treffen wir uns um drei in der Aula zur ersten Probe. Okay?«

»Na gut«, sagte Sophie, nahm die Mappe und verschwand durch die Tür.

Die Lehrerin seufzte tief. »Eine Schande, dass dieses Mädchen kein Theater spielen möchte. Sie würde einen unglaublich guten Scrooge abgeben. Gespenstisch gut!«

Sophie wachte mitten in der Nacht auf. War da vielleicht ein leises Knacken irgendwo im Zimmer? Oder sogar ein Wispern und Rascheln? Sie knipste die Nachttischlampe an und blickte sich mit klopfendem Herzen im Zimmer um. Sie war sich ganz sicher, dass sie etwas gehört hatte. Ja, ganz bestimmt!

Sophie lag häufig nachts mehrere Stunden wach und fürchtete sich. Oft schlief sie erst am Morgen ein, kurz bevor der Wecker klingelte. Danach schleppte sie sich matt und müde in die Schule. Sophies Eltern glaubten, dass sie besonders ängstlich war. Sie hatten sie deswegen sogar zu einer Ärztin geschickt. Sophie selbst sah die Sache allerdings anders. Sie glaubte nicht, dass sie besonders ängstlich war. Sie war der Meinung, dass es in ihrem Zimmer spukte. Und wenn sie woanders schlief – bei ihrer Oma oder im Zelt am See oder in einer Ferienwohnung –, dann spukte es eben dort. Das hatte sie auch genauso erzählt. Und zu ihrer Überraschung hatte die nette Ärztin nicht widersprochen.

»Kann schon sein«, hatte sie gesagt. »Wer weiß schon, was es zwischen Himmel und Erde alles gibt? Vielleicht spukt es ja wirklich in deinem Zimmer, Sophie. Aber was auch immer dort spukt, es scheint dir nichts Böses zu wollen. Das, wovor du eigentlich Angst hast, ist die Angst selbst. Und da tritt man am besten in Aktion. Wenn es das nächste Mal nachts spukt, steh einfach auf und mach irgendetwas Schönes, anstatt im Bett herumzuliegen und dich zu gruseln!«

Sophie überlegte, ob sie dem Rat der Ärztin folgen und aufstehen sollte, als sie schon wieder dieses Wispern hörte. Außerdem roch es in ihrem Zimmer ganz leicht nach Tannennadeln und Bienenwachskerzen. Ob ihre Eltern schon die erste Kerze am Adventskranz angezündet hatten? Nein, doch nicht mitten in der Nacht. Und der erste Advent war doch erst morgen. Oder?

Sophie sah verstohlen zu ihrem Wecker hinüber. Es war genau Mitternacht. Geisterstunde, auch das noch. Aber immerhin hieß das: Heute war der erste Advent. Da! Schon wieder so ein Rascheln und Rauschen. Sophie richtete sich kerzengerade im Bett auf. Gut, also: in Aktion treten. Was könnte sie tun? Da fiel ihr Blick auf die Mappe, die Frau Pfeffenpuhl ihr gegeben hatte. Sie kletterte aus dem Bett, knipste ihre Schreibtischlampe an und blätterte vor bis Seite vier. Da stand ja dieser komische Name: *Scrooge*.

Sophie räusperte sich und begann, in der Stille der Nacht laut vorzulesen.

»Pah! Weihnachten! Dummes Zeug! Wieso denn *fröhliche Weihnachten*? Was für ein Recht hast du, fröhlich zu sein? Was für einen Grund, fröhlich zu sein? Du bist arm genug. Der Henker hole die fröhlichen Weihnachten! Wenn es nach mir ginge, so müsste jeder Narr, der mit seinem *Fröhliche Weihnachten* herumläuft, mit seinem eigenen Pudding gekocht werden!«

Sophie wunderte sich über diese merkwürdigen Worte. So etwas sollte sie tatsächlich vor der ganzen Schule laut sagen? Das würde sie niemals tun! Aber im Augenblick half es ganz gut, ihre Angst zu vertreiben. Also versuchte sie es noch einmal, lauter diesmal.

»Der Henker hole die fröhlichen Weihnachten! Wenn es nach mir ginge, so müsste jeder Narr, der mit seinem *Fröhliche Weihnachten* herumläuft, mit seinem eigenen Pudding gekocht werden!«

Doch, das klappte ganz gut. Jetzt schloss Sophie die Mappe und sagte ein paar Worte auswendig: »Pah! Weihnachten! Dummes Zeug!« Das hatte noch nicht genug Schwung. Sie holte tief Luft und rief: »Pah! Weihnachten! Dummes Zeug!«

Fast kam sie sich schon selbst vor wie der alte, geizige Geschäftsmann Scrooge.

Sie hatte ganz vergessen, dass sie sich eben noch gefürchtet hatte, und rief noch einmal: »Der Henker hole die fröhlichen Weihnachten!«

In diesem Augenblick wurde es schlagartig eiskalt in ihrem Zimmer. Sophie ließ die Mappe fallen, sprang zurück ins Bett und zog die Decke hoch bis zum Kinn.

Während sie dort lag und dem lauten Pochen ihres eigenen Herzens zuhörte, ertönte plötzlich ein lautes Klack!

Sophie richtete sich kerzengerade auf. Sie wusste genau, was das war: Jemand hatte die Tür abgeschlossen. Aber wer? Ihre Eltern würden sie doch niemals mitten in der Nacht einschließen. Als sie sich traute, zur Tür hinüberzusehen, stellte sie fest, dass der Schlüssel innen steckte. Wer auch immer die Tür abgeschlossen hatte, musste also in ihrem Zimmer sein. Sophie wollte laut losschreien, doch zu der riesigen Angst, die sie hatte, schlich sich noch ein anderes Gefühl. So etwas wie Stolz: Sie hatte doch recht gehabt. Es spukte in ihrem Zimmer. Es gab Geister, auch wenn ihre Eltern das Gegenteil behaupteten.

Es gab Gespenster. Sie hatte es immer gewusst.

Hoffentlich würde das Gespenst auch ihre Eltern besuchen, damit sie ihr endlich glaubten. Wenn sie jetzt schrie, würden ihre Eltern aufwachen und in ihr Zimmer kommen, aber würde der Geist dann noch da sein? Und wo war er jetzt überhaupt?

Das waren die Gedanken, die blitzschnell durch Sophies Kopf rasten. Ihr Herz klopfte immer lauter. Kleine Härchen stellten sich an ihren Armen auf. Sie spürte, wie sich der laute, durchdringende Schrei in ihrer Kehle bereit machte.

Doch bevor es so weit kam, kroch ein blau-weißer, leuchtender Nebel vor ihren Augen empor.

Der leuchtende Nebel huschte, sauste und wirbelte vor Sophies Augen herum. Sie wagte nicht zu atmen und beobachtete, wie er sich langsam zu einer Gestalt formte. Die Gestalt war zwar ziemlich klein, aber sie hatte weit aufgerissene Augen und hielt eine schwere Eisenkette in den Nebelhänden, mit der sie schaurig rasselte. War das wirklich ein Gespenst, das da über Sophies Bettdecke schwebte?

»Oh, Sroooooooge!«, rief das Wesen mit einer hellen Stimme, die eigentlich ganz nett klang. »Du schlechter Mensch mit hartem Herzen! Ändere dich, sonst bist du verloren!«

In diesem Moment geschah etwas Merkwürdiges mit Sophie. Plötzlich hatte sie überhaupt nicht mehr das Gefühl, dass sie schreien musste.

Dieser Geist war gar nicht zum Fürchten. Dieses Gespenst strahlte im Gegenteil etwas Liebes, Gütiges und Freundliches aus.

Wahrscheinlich, dachte Sophie, gab es das Gespenst gar nicht. Ihre Eltern hatten doch recht gehabt und ihre Fantasie war einfach viel zu groß.

»Dich gibt es doch gar nicht!«, sagte sie deshalb tapfer.

Das Gespenst hörte auf, mit der Kette zu rasseln, und sah Sophie ziemlich verdutzt an.

»Natürlich gibt es mich. Ich bin doch hier.«

»Nein, dich gibt es nur in meinem Kopf, ich habe nämlich zu viel Fantasie.«

»Das stimmt nicht!«, protestierte das Gespenst. »Ich wurde schon vor zweihundert Jahren erspukt, da gab es deinen Kopf noch gar nicht. Außerdem bin ich ein Weihnachtsgespenst in Ausbildung.«

»Ein Weihnachtsgespenst?«, fragte Sophie.

So etwas hatte sie noch nie in ihrem Kopf gehabt. Das Gespenst wurde ein wenig rot um die Ohren – oder wenigstens an den Stellen, an denen die Ohren wären, wenn es welche gehabt hätte.

»Na ja«, sagte es bescheiden, »ich bin noch kein richtiges Weihnachtsgespenst. Professor Phantomio, der Geist aller Geister, muss mir erst eine Lizenz dafür erteilen.«

»Eine Lizenz?«, fragte Sophie. »Was soll das denn sein?«

»So eine Art Zeugnis. Erst wenn ich das habe, darf ich mich Weihnachtsgespenst nennen.«

»Und du bist echt echt?«

»Ja, ich bin echt echt, ganz echt.«

Sophie nahm sich ein Herz und griff in den Nebel vor ihr. Ihre Hand fuhr ohne Widerstand durch das Gespenst, wirbelte es allerdings etwas durcheinander.

»He!«, protestierte der Geist. »Was soll das denn?«

»Ich wollte prüfen, ob du wirklich echt bist. Ich kann dich nicht berühren.«

»Das ist normal, ich bin ja auch ein Gespenst. So, und jetzt werde ich dich so richtig erschrecken, du gierige grausame Weihnachtshasserin!«

Jetzt war es an Sophie, etwas klarzustellen. »Augenblick mal, ich bin keine gierige, grausame Weihnachtshasserin.«

Das Gespenst, das gerade schon wieder seine Kette gepackt hatte, um ordentlich damit zu rasseln, hielt inne.

»Du hast gerade selbst gesagt: *Jeder, der mit seinem* Fröhliche Weihnachten *herumläuft, soll mit seinem eigenen Pudding gekocht werden.* Also, wenn das nicht die Worte einer Weihnachtshasserin sind, dann soll mich Van Helsing, der Geisterjäger, holen.«

Sophie kicherte. »Ich habe doch nur für eine Theaterrolle geübt. Ich soll da einen gierigen und geizigen Geschäftsmann spielen, dem der Geist der Weihnacht erscheint. Hier, guck mal, das ist mein Text. Ich habe ihn gelb angestrichen.«

Sophie hielt dem Gespenst die Mappe hin und es las, während es wie ein Nebelstreif über die Zeilen huschte.

»Glaubst du mir jetzt, dass ich keine Weihnachtshasserin bin? Ich liebe Weihnachten!«

Das Gespenst las die Seite zu Ende und schwebte dann vor Aufregung hoch und runter wie ein Flummi aus Nebel. »Diese Geschichte kenne ich! Das ist die Geschichte vom Geist der Weihnacht! Der ist mein großes Vorbild. Oh, das kann kein Zufall sein, dass du diese Geschichte kennst!«

»Ich kenne sie noch gar nicht richtig«, murmelte Sophie.

»Ich möchte es genauso machen wie der Geist der Weihnacht«, redete das Gespenst munter weiter, »ich möchte einen wirklich garstigen, furchtbaren, schrecklichen Menschen finden, den ich dann so erschrecken werde, wie ich noch nie jemanden erschreckt habe: *Huuuuuuu! Hooooooo! Grrrrrrrr!*«

»Ja«, sagte Sophie lächelnd, »das ist schon ziemlich beeindruckend.«

»Wie schade, dass du in Wirklichkeit kein garstiger, furchtbarer und schrecklicher Mensch bist. Bist du doch nicht, oder?«

»Nein, bin ich nicht.«

»Wie heißt du eigentlich?«

»Sophie. Und du?«

»Ich heiße Bob. Und sehr bald wirst du mich Bob, das Weihnachtsgespenst, nennen können!«

»Eins verstehe ich nicht«, sagte Sophie nachdenklich zu dem kleinen Gespensterwesen, das vor ihr über der Bettdecke schwebte. »Du wolltest doch einen gierigen und geizigen Menschen finden, oder?«

Das Gespenst nickte eifrig. »Genau. Denn erst wenn ich einen gierigen und geizigen Menschen so erschreckt habe, dass er gutherzig und großzügig wird und jede Menge Geschenke verteilt, erst dann darf ich mich Weihnachtsgespenst nennen. Als ich dich gehört habe, war ich so sicher, dass ich einen gefunden hatte!«

»Aber du warst doch schon in meinem Zimmer, bevor ich den Text aufgesagt habe, oder? Ich bin nämlich nur aufgestanden, weil ich gespürt habe, dass es in meinem Zimmer spukt.«

»Ja, stimmt«, gab Bob zu. »Weißt du, wir Geister werden von Menschen angezogen, die an uns glauben. Und als ich so durch die Gegend geschwebt bin, wurde ich wie magnetisch von dir angezogen. Du hast doch gesagt, dass du viel Fantasie hast.«

»Ja«, antwortete Sophie. »Das behauptet zumindest die Ärztin.«

»Eben. Und weil du viel Fantasie hast, kommen auch Gespenster zu dir. Menschen, die keine Fantasie haben, erscheinen wir fast nie. Wir spüren so etwas. Deshalb war ich auch so überrascht, als ich dich für gierig und geizig gehalten habe. Diese Leute haben nämlich fast nie Fantasie. Das macht den Beruf eines Weihnachtsgespensts auch so schwierig.«

»Verstehe«, sagte Sophie und ließ die Beine von der Bettkante baumeln. »Ich könnte vielleicht versuchen, ein klitzekleines bisschen garstig und geizig zu sein.«

Das Gespenst schüttelte den Kopf. »Nein, das wird Professor Phantomio niemals akzeptieren. Es muss ein wirklich geiziger und gieriger Mensch sein. Wo finde ich den nur? Die haben doch alle keine Fantasie! Die glauben alle nicht an Gespenster!«

Sophie schlug die Bettdecke auf, sodass ihre Kuscheltiere auf den Teppich purzelten. »Weißt du was, Bob? Ich werde dir helfen. Es gibt so viele gierige, geizige und hartherzige Menschen auf der Welt, ich werde bestimmt einen für dich finden. Und den kannst du dann erschrecken! Aber so richtig, damit er einsieht, dass es viel besser ist, wenn man gutherzig und großzügig ist. Gleich morgen fangen wir an. Wir wollten sowieso auf den Weihnachtsmarkt gehen, morgen ist nämlich der erste Advent.«

»Das weiß ich doch, Sophie. Ich bin doch ein Weihnachtsgespenst. Zumindest fast.«

»Also kommst du mit?«

»Ja, klar!« Bob hüpfte schon wieder herum, er sauste sogar einmal um die Nachttischlampe, so aufgeregt war er.

Doch Sophie sah aus dem Fenster, wo schon der erste Lichtschimmer des neuen Morgens zu sehen war. » Dann wandte sie sich wieder an das Gespenst. Bob, du hast doch gesagt, dass du ein Nachtgespenst bist, oder?«

»Na klar, aber vor allem ein Weihnachtsgespenst in Ausbildung …«

»Was machst du, wenn es Tag wird? Musst du dich dann nicht in irgendeine Kiste legen? Oder wirst du zu Stein, wenn ein Sonnenstrahl dich trifft? Oder löst du dich in Luft auf?«

Bob wischte den Einwand mit einer Nebelhand zur Seite. »Papperlapapp, Sophie. So schnell wird es nicht Morgen. Eben war es doch noch Mitternacht.«

Sophie zeigte nur wortlos in Richtung Fenster und Bob verschlug es die Sprache.

So lange hatten die beiden miteinander gesprochen? Im Haus waren schon die ersten Geräusche zu hören. Sophies Eltern bereiteten das Sonntagsfrühstück vor.

Bob schwebte ganz nah an Sophie heran und flüsterte ihr ins Ohr, leise wie ein Windhauch in einer sternklaren Nacht.

»Wir Gespenster müssen uns tagsüber nicht in eine Kiste legen. Wir werden nur ganz schnell so furchtbar müde. So wie ihr Menschen in der Nacht. Aber heute, Sophie, will ich den Tag mit dir verbringen. Heute will ich nicht einschlafen. Heute schwebe ich immer ganz in deiner Nähe. Allerdings wirst du mich nicht sehen können, denn tagsüber sind wir Gespenster unsichtbar.«

»Kein Problem. Ich weiß ja, dass du da bist. Willst du auch frühstücken?«

Bob gähnte. »Nein, nein, wir Gespenster schlürfen höchstens einmal ein wenig Nebel oder knabbern am Mondlicht. Aber jetzt bin ich doch ein bisschen müde. Vielleicht lege ich mich kurz auf dein Bett. Kannst du mich wecken, wenn es zum Weihnachtsmarkt geht?«

Sophie versprach es und machte sich auf den Weg in die Küche, von wo aus ihr schon der Duft von selbst gebackenem Hefezopf und Kakao entgegenwehte. Ihre Eltern begrüßten sie gut gelaunt, ließen sie die erste Kerze am Adventskranz anzünden und fragten sie, ob sie gut geschlafen habe.

»Es war eine wunderbare Nacht«, antwortete Sophie.

Und das war ja nicht einmal gelogen.

Sophie bekam einen kleinen Schreck, als sie nach dem Frühstück wieder in ihr Zimmer kam und nicht die geringste Spur von Bob, dem Weihnachtsgespenst in Ausbildung, entdeckte.

Dann aber fiel ihr ein, dass er gesagt hatte, alle Geister seien tagsüber unsichtbar. Unsichtbar und furchtbar müde.

Sophie hielt die Luft an und horchte aufmerksam auf jeden kleinsten Laut in ihrem Zimmer. Und tatsächlich hörte sie von der Bettdecke her ein kleines, kaum wahrnehmbares Schnarchen.

»Bob!«, flüsterte sie. »Weihnachtsgespenst! Es geht los, auf den Weihnachtsmarkt. Wach auf!«

Sie strich vorsichtig mit der Hand über die Stelle, an der sie das Gespenst vermutete. Und tatsächlich wurde das leise Schnarchen zu einem gar nicht so leisen Gähnen.

»Uaaah! Gute Nacht. Haben wir schon Geisterstunde?«

»Nichts da mit *Gute Nacht*«, sagte Sophie. »Es ist helllichter Tag und wir gehen jetzt zum Weihnachtsmarkt.«

»*Helllichter* Tag?«, fragte der Geist entgeistert zurück und Sophie hörte genau, dass es sich bei diesem Wort ein wenig gruselte. Trotzdem - oder vielleicht gerade deshalb - kam er voller Begeisterung mit zum Weihnachtsmarkt.

Sophie wusste nie so recht, wo sich Bob, das Gespenst, gerade aufhielt. Mal flüsterte er ihr ins linke Ohr, mal ins rechte Ohr, mal klang die Stimme gedämpft unter ihrer Jacke hervor. Auf jeden Fall war das junge Gespenst ziemlich aufgedreht und wohl auch ein wenig übermüdet, sodass es fast pausenlos plapperte.

»Hast du das gesehen, Sophie? So viele Leute hier! Sind tagsüber immer so viele unterwegs? Das Licht ist so hell, noch heller als in einer Vollmondnacht. Sophie, hast du schon jemanden entdeckt, der geizig, gierig und gemein ist? Sophie, warum höre ich die ganze Zeit *Stille Nacht*, obwohl es hier weder still ist noch Nacht? Warum singen die nicht *Lauter Tag*? Und wer singt da überhaupt? Ich sehe gar keinen.«

Sophie gab sich alle Mühe, auf Bobs Fragen zu antworten, aber ihre Eltern sahen sie ein wenig verwundert an, als sie immer wieder mit sich selbst sprach.

»Ich übe für das Schultheaterstück«, fiel ihr zum Glück rechtzeitig ein. Damit ihre Eltern ihr auch glaubten, warf sie sich direkt in Pose und

sagte laut den auswendig gelernten Text von Seite vier auf: »Weihnachten! Dummes Zeug! Wenn es nach mir ginge, so müsste jeder Narr, der mit seinem *Fröhliche Weihnachten* herumläuft, mit seinem eigenen Pudding gekocht werden!!!«

Den letzten Satz sagte sie sehr laut. Es stimmte, was Frau Pfeffenpuhl gesagt hatte: Schon kam sie sich nicht mehr wie Sophie vor, sondern ganz wie der hartherzige Geschäftsmann Scrooge.

Ihre Eltern schauten sie besorgt an, genau wie einige Weihnachtsmarktbesucher in der Nähe. Ihre Mutter legte ihr eine Hand auf die Schulter.

»Alles in Ordnung mit dir, Sophie?«

»Ja klar. Das war gar nicht ich. Das war dieser Scrooge.«

»Mmmh«, brummte ihr Vater. »Die Idee mit der Theater-AG war wohl doch nicht so gut. Ich denke, du solltest da nicht mehr mitmachen, Sophie.«

Doch Sophie schüttelte den Kopf. »Und ob ich da mitmache. Wir hatten ja noch nicht einmal die erste Probe!«

»Auf jeden Fall scheint es gegen die Schüchternheit schon zu wirken«, murmelte ihre Mutter.

In diesem Augenblick löste laute Musik das leise Stille-Nacht-Heilige-Nacht-Geplätscher aus den Lautsprechern ab.

Alle Blicke wurden zu einer Bühne gezogen, die in der Mitte des Weihnachtsmarkts aufgebaut und in grellen Farben angeleuchtet war. Im Takt der peitschenden Musik stürmte ein Mann in einem roten Anzug mit weißem Kragen auf die Bühne.

»Hey, ihr Weihnachtsshopper!«, rief er in ein Mikrofon und seine sich überschlagende Stimme schallte über den ganzen Weihnachtsmarkt. »Schenkt mir kurz eure Aufmerksamkeit. Ihr sucht bestimmt nach dem peeeeeerfekten Geschenk für untern Weihnachtsbaum, oder? Ja, klar sucht ihr das! Jetzt hat eure Suche ein Ende! Für jedes Mädchen, für jeden Jungen gibt es jetzt das peeeeeerfekte Geschenk: Kristmäs Krissie für die Mädels, Kristmäs Kris für die Jungs! Die peeeeeeerfekte Puppe für jedes Kind! Kristmäs Krissie und Kristmäs Kris unterhalten sich mit den Kindern, sie spielen mit ihnen, sie bringen ihnen nützliche Dinge bei! Diese Puppen können einfach alles! Ist Ihr Kind schlecht in Mathe? Die Puppe übt mit ihm Rechnen. Ist Ihr Kind zu still? Die Puppe plaudert mit ihm. Ist ihr Kind zu schüchtern? Die Puppe baut sein Selbstbewusstsein auf. Vorbei ist die Suche nach Freunden. Ihr Kind braucht jetzt keine Freunde mehr! Mit Kristmäs Krissie und Kristmäs Kris hat Ihr Kind die peeeeeerfekte Freundin oder den peeeeeerfekten Freund fürs Leben. Und das Beste ist: Nur heute erhalten Sie Kristmäs Krissie und Kristmäs Kris zum halben Preis. Nur solange der Vorrat reicht. Die

peeeeeerfekten Geschenke bringt nicht das Christkind und nicht der Weihnachtsmann, sondern ich: Tim Bling. BLING BLING! Ja, BLING BLING ist das Ding, das ich zu Heiligabend bring. Worauf warten Sie noch? Kristmäs Krissie und Kristmäs Kris nur hier zum Sonderpreis! Greifen Sie jetzt zu!«

Wieder ertönte die peitschende Musik und der Mann ging mit seltsam zuckenden Bewegungen, die vielleicht einen Tanz darstellen sollten, von der Bühne ab.

Sophie bemerkte, wie sich ihre Eltern einen langen, bedeutungsvollen Blick zuwarfen.

»Sophie«, sagte ihre Mutter mit butterweicher Stimme. »Möchtest du dir nicht an dem Stand dort hinten eine Tüte gebrannte Mandeln holen? Hier hast du etwas Geld. Papa und ich müssen nur kurz was besprechen.«

»Mmh, ja, in Ordnung.«

Sophie wusste genau, was ihre Eltern vorhatten. Und bei dem Gedanken wurde ihr ziemlich mulmig zumute.

Während Sophie auf ihre gebrannten Mandeln wartete, flüsterte Bob ihr aufgeregt mal ins linke, mal ins rechte Ohr.

»Das ist er! Das muss er sein! Dieser Tim Bling ist der geizige und gierige Mensch, den ich erschrecken muss. Was meinst du, Sophie? Soll ich gleich heute Abend anfangen? Soll ich meine Kette mitnehmen? Ich könnte ganz laut damit rasseln und dazu ein schauriges *Huuuhuuuhuuuhuuuuu!* rufen.«

Sophie legte einen Finger an die Lippen. »Psst, Bob! Die Leute gucken schon.«

Sie flüsterte so leise wie möglich in die Richtung, in der sie das unsichtbare Gespenst vermutete. »Du hast ja recht. Mir kam dieser Tim Bling auch sehr komisch vor. Aber das heißt ja nicht, dass er gierig und geizig ist. Vielleicht ist er ja ganz nett.«

»Ha!«, machte Bob. »Das glaube ich kaum. Hast du gehört, was er über das Christkind gesagt hat? Das ist ja wohl die Höhe! Hält er sich etwa selbst für den Weihnachtsmann? Der taugt nicht einmal zum Hilfswichtel. Das kann ich als Weihnachtsgespenst in Ausbildung nicht dulden!«

»Ja, schon gut, Bob …«

Die Frau am Stand drückte Sophie eine Tüte mit gebrannten Mandeln in die Hand.

»Bitte sehr, junge Dame. Lass es dir schmecken. Ach ja, warum redest du eigentlich die ganze Zeit mit dir selbst?«

Sophie spürte, wie sie bis unter die Haarspitzen rot wurde.

»Äh, das ist für ein Theaterstück. In der Schule. Eine Weihnachtsgeschichte mit einem Geschäftsmann namens Scrooge.«

»Ach so!«, sagte die Frau lächelnd. »Ja, die Geschichte kenne ich. Das ist die mit dem Geist der Weihnacht. So etwas könnten wir tatsächlich heute auch noch gut brauchen.«

Die Dame warf einen finsteren Blick zu Tim Blings Verkaufsstand.

»Ja«, sagte Sophie, »wenn es so etwas heute noch gäbe. Oder wieder. Danke für die Mandeln.«

Sie drehte sich um und stand einem Jungen gegenüber, der mit ihr in dieselbe Klasse ging: Anton. Er trug eine dicke Daunenjacke mit Kapuze, darunter noch zwei Mützen, die er sich tief in die Stirn gezogen hatte, eine Skihose, gefütterte Stiefel, einen Schal und Handschuhe, die aussahen, als wären sie von Antons Oma aus besonders kratziger Wolle gestrickt worden.

Was sollte sie denn jetzt tun? Mit Anton hatte sie noch nie geredet.

»Hallo!«, sagte Anton und schielte auf die Tüte mit gebrannten Mandeln in Sophies Hand. »Du bist doch Sophie, oder?«

Sophie spürte, wie ihre Ohren rot wurden.

»Ja.«

»Die Sophie aus meiner Klasse.«

»Ja.«

»Die, die nie was sagt!«

»Ja.«

»Kannst du auch was anderes sagen als immer nur Ja?«

»Ja.«

Anton lächelte, wobei eine seiner beiden Mützen verrutschte.

»Ich hoffe, bei meiner nächsten Frage antwortest du auch mit Ja.«

Sophie war sich nicht sicher, wie sie jetzt reagieren sollte.

Ihre Ohren wurden noch röter und sie verfluchte sich im Stillen dafür, dass sie nicht mindestens eine Mütze trug.

»Kommt drauf an, was du fragen möchtest.«

Anton zeigte auf die Tüte mit gebrannten Mandeln und wirkte auf einmal selbst ziemlich schüchtern.

»Darf ich eine?«

»Ja!«, sagte Sophie und streckte ihm die Tüte entgegen.

Anton versuchte, mit der Hand in die Tüte mit gebrannten Mandeln zu greifen, aber der Wollhandschuh war viel zu groß dafür. Er zog ihn aus und nahm sich eine ganze Handvoll Mandeln, die er gleich in den Mund stopfte.

»Schmeckt prima! Findest du nicht auch?«

»Doch, schon«, sagte Sophie, obwohl sie selbst noch keine einzige ihrer eigenen Mandeln probiert hatte. »Warum bist du so dick angezogen?«

»Damit ich mich nicht erkälte!«, sagte Anton und zog den Handschuh schnell wieder an.

»Aber es ist doch gar nicht so kalt.«

»Es ist Dezember!«, sagte Anton dramatisch. »Erster Advent! Da muss man vorsichtig sein.«

Sophie lächelte. Warum hatte sie in der Schule noch nie mit Anton geredet?

»Wo sind deine Eltern?«, fragte sie ihn.

»An irgendeinem Stand da hinten. Sie suchen einen Schal für mich aus.«

»Du hast doch schon einen Schal an.«

»Ja, aber sie kaufen einen noch dickeren. Dieser hier ist viel zu dünn. Darf ich vielleicht noch ein paar …?«

Anton streckte die Hand aus und Sophie schüttete ein paar gebrannte Mandeln auf die kratzige Wolle. Anton stopfte sie sich in den Mund, zusammen mit ziemlich vielen Wollfusseln vom Handschuh.

Sophie hörte, wie es irgendwo in der Nähe ihres linken Ohrs kicherte.

»Hihi!«, machte Bob. »Hat der immer so einen Heißhunger?«

»Pssst!«, machte Sophie.

»Wieso pssst?«, fragte Anton. »Ich habe doch gar nichts gesagt.«

»Nein, äh«, antwortete Sophie, »ich musste nur gerade eine Mücke verscheuchen.«

»Eine Mücke? Am ersten Advent?«

»Ja, komisch, oder?«

Eine Weile standen Sophie und Anton schweigend voreinander. Anton kaute krachend die Mandeln und spuckte ab und zu einen Wollfaden aus, während Bob jetzt in Sophies rechtes Ohr kicherte.

Plötzlich begannen Antons Augen zu glänzen.

»Hast du das eben auch gesehen? Ich muss einfach einen Kristmäs Kris haben. Wie kriege ich meine Eltern nur dazu, mir einen zu schenken?«

Sophie hingegen fragte sich, wie sie ihre Eltern dazu bringen könnte, ihr *auf keinen Fall* eine solche Puppe zu schenken.

»Was findest du daran denn so toll?«, fragte sie.

Anton sah sich um, um sich zu vergewissern, dass ihnen auch wirklich niemand zuhörte.

»Also«, flüsterte er Sophie zu, »ich habe einen geheimen Plan: Kristmäs Kris wird immer meine Hausaufgaben machen. Denn ich hasse Hausaufgaben! Das werde ich meinen Eltern natürlich nicht verraten. Aber wenn Kristmäs Kris einfach alles weiß, kann er mich durch die ganze Schulzeit bringen. Ich werde die besten Noten haben, ohne ein einziges Mal lernen zu müssen. Genial, oder?«

»Na ja …«, murmelte Sophie.

»Außerdem sieht Kristmäs Kris einfach super aus mit dem Cowboy- oder Astronautenoutfit. Er spielt mit dir, auch wenn du sonst keine Freunde hast. Er kennt die besten

Witze. Er lacht dich niemals aus. Sophie, ich möchte so gern einen haben! Kannst du meine Eltern nicht überreden, mir einen zu schenken?«

Sophie schüttelte den Kopf.

»Ich kenne deine Eltern doch gar nicht. Und womit sollte ich sie überreden?«

»Mmh«, überlegte Anton. »Vielleicht kannst du sie irgendwie erschrecken? Du hast doch so viel Fantasie. Das haben zumindest deine Eltern vorhin zu meinen Eltern gesagt. Könntest du ihnen nicht erzählen, dass ich furchtbar krank werde, wenn ich keinen Kristmäs Kris bekomme? So wie man krank wird, wenn man keine Vitamine bekommt? Oder vielleicht habe ich eine Allergie? Eine Allergie dagegen, keinen Kristmäs Kris zu haben. Oder ich brauche Kristmäs Kris, weil ich keine Freunde habe. Du hast doch auch keine Freunde, Sophie, du kennst dich damit aus. Bitte, Sophie! Überleg dir schnell was! Da kommen sie schon!«

Tatsächlich näherten sich sowohl Antons als auch Sophies Eltern in einem gemütlich plaudernden Vierergrüppchen. Antons Mutter hielt einen dicken Schal in den Händen, der aussah, als sei er aus noch kratzigerer Wolle gestrickt als die Handschuhe. Sophies Vater ließ betont unauffällig eine Plastiktüte hinter seinem Rücken baumeln, aus der zur Tarnung ein paar Tannenzweige ragten.

»Wärst du auch mit einer Kristmäs Krissie einverstanden?«, flüsterte Sophie.

Anton zuckte mit den Schultern. »Notfalls schon.«

»Okay. Dann lass dir nichts anmerken. Kannst du morgen nach der Schule zu mir kommen?«

»Aber wir sind doch gar keine Freunde. Was soll ich meinen Eltern sagen?«

»Sag ihnen doch einfach, dass wir jetzt Freunde sind!«

»In Ordnung, Sophie. Hast du noch ein paar gebrannte Mandeln für mich? Die wärmen so schön von innen.«

Sophie schenkte Anton die ganze Tüte, von der sie nicht eine einzige Mandel gegessen hatte.

Und sie überlegte, ob sie vielleicht tatsächlich einen Freund gefunden hatte.

9

Sophie vermutete, dass ihre Eltern ihr auf dem Weihnachtsmarkt heimlich eine Kristmäs-Krissie-Puppe gekauft hatten.

In dem Augenblick, in dem Tim Bling gefragt hatte: *»Ist Ihr Kind zu still? Ist Ihr Kind zu schüchtern?«*, hatte es bei ihnen klick gemacht.

Glaubten sie wirklich, dass das, was Sophie brauchte, eine sprechende Puppe war?

Wahrscheinlich konnten sie dem Sonderangebot nicht widerstehen: *Halber Preis, nur solange der Vorrat reicht!*

Aber natürlich sagte Sophie nichts von ihrer Vermutung, ging ganz brav ins Bett und wartete im dunklen Zimmer, bis sie sicher war, dass ihre Eltern eingeschlafen waren.

»Bob!«, flüsterte sie schließlich und knipste die Nachttischlampe an.

Das Gespenst erschien auf ihrer Bettdecke und gähnte herzhaft.

»Ich habe so tief geschlafen. Ist denn schon Abend?«

»Ja, schon längst. Zeit zum Aufstehen für Gespenster.«

»Der Tag war so aufregend, Sophie! Aber jetzt muss ich schnell jemanden erschrecken, der ein Herz aus Stein hat. Vielleicht diesen Jungen, der deine ganzen gebrannten

Mandeln gegessen hat? Nein, jetzt fällt es mir wieder ein: den Mann, der den Weihnachtsmann ablösen möchte. Und der sagt, Kinder brauchen mit dieser Puppe keine Freunde mehr. Diesen Mann im roten Anzug: Tim Bling. Kannst du rausfinden, wo er wohnt, Sophie? Bitte! Ich werde das schaurigste *Huuuuuuuuuuu!* rufen, das je ein Geist gerufen hat.«

Sophie versuchte, das aufgeregte junge Gespenst zu beruhigen. Sie konnten doch gar nicht wissen, ob dieser Tim Bling wirklich ein Herz aus Stein hatte oder vielleicht nur ein bisschen merkwürdig war. Aber wenn ihre Eltern tatsächlich eine seiner Puppen gekauft hatten, dann musste sie irgendwo im Haus sein. Würde sie etwas über ihren Erfinder verraten?

Falls hier irgendwo eine Kristmäs Krissie versteckt war, musste Sophie sie finden – allein schon um Anton davon zu überzeugen, sich etwas anderes zu Weihnachten zu wünschen. Und wer sollte besser darin sein, ein verstecktes Weihnachtsgeschenk zu finden, als ein Weihnachtsgespenst, das durch alle Wände fliegen konnte?

Also fragte sie Bob, ob er die Puppe suchen könne. Bob ließ sich nicht zweimal bitten und huschte wie ein Windhauch durch das Schlüsselloch davon.

Während Sophie auf ihn wartete, schlief sie gegen ihren Willen doch ein. Aber irgendwann sauste und pfiff es um sie herum.

»Sophie! Wach auf!«, rief Bob. »Ich habe die Puppe gefunden! Sie liegt im Schlafzimmer deiner Eltern, ganz oben im Kleiderschrank, versteckt hinter uralten Pullis.«

Sophie richtete sich auf und rieb sich die Augen. »Prima. Hast du sie mitgebracht?«

Das kleine Weihnachtsgespenst schwebte vor Sophie und glühte ein wenig rötlich vor Verlegenheit.

»Das kann ich noch nicht. Damit wir Geister Gegenstände bewegen können, müssen wir hart trainieren. Das geht nur durch Zauberei. Ich kann bislang bloß Türen und Fenster öffnen und schließen, aber nur die, die schön quietschen. Außerdem kann ich Murmeln von allein rollen lassen, mit Schlüsseln und Schlössern klappern und die Seiten eines Buchs umblättern. Und durch die Zeit reisen. Aber das war es leider schon. Puppen aus Kleiderschränken tragen kann

ich nicht. Ich kenne ein paar Poltergeister, die können Kleiderschränke sogar umwerfen, soll ich die mal fragen?«

Sophie schüttelte den Kopf.

»Poltergeister, die mitten in der Nacht die Kleiderschränke umwerfen? Nein, lieber nicht. Da erschrecken meine Eltern doch zu Tode. Ich kann ziemlich gut schleichen. Komm mit!«

10

Auf Socken schlich Sophie bis zur Schlafzimmertür ihrer Eltern. Sie legte das Ohr daran, konnte aber nichts hören.

»Bob«, flüsterte sie, »sieh nach, ob sie wirklich schlafen!«

Das Weihnachtsgespenst verschwand im Schlüsselloch und kam gleich darauf durch den unteren Türspalt wieder hervor. »Sie schlafen tief und fest. Glaube ich zumindest.«

»Okay. Dann gehe ich rein. Sollten sie Verdacht schöpfen, musst du sie ablenken.«

Sophie drückte die Türklinke so leise wie möglich nach unten. Dann schob sie die Tür einen kleinen Spalt auf und quetschte sich ins Schlafzimmer.

Bob hatte recht gehabt: Ihre Eltern lagen friedlich da und schliefen. Ihre Mutter schnarchte regelmäßig und leise, ihr Vater nur ab und zu, dafür aber umso lauter.

Sophie sah am Kleiderschrank hoch. Vorsichtig schlich sie zu dem einzigen Stuhl im Zimmer, der von ihren Eltern als Klamottenablage benutzt wurde. Sie schleppte das schwere Ding bis vor den Schrank und kraxelte nach oben. Jetzt kam sie an die Pullover, hinter denen Kristmäs Krissie versteckt sein musste. Sie stellte sich auf die Zehenspitzen, räumte die Pullover zur Seite … da fiel ihr eine Tüte entgegen und landete polternd auf dem Boden.

»Mmm? Wasnlos?«

Sophies Vater richtete sich im Bett auf und rieb sich die Augen.

Sophies Herz begann zu pochen. Wenn er jetzt richtig wach wurde, würde er sie sofort entdecken. Sie warf einen Hilfe suchenden Blick hinüber zu Bob, der ihr verschmitzt zuzwinkerte. Gleich darauf rieselte ein golden glänzendes Pulver auf Sophies Vater herunter und eine Sekunde später schlief er wieder friedlich wie ein Baby.

»Nur ein bisschen Traumpuder«, wisperte Bob. »Das sollte für drei Minuten Schlummern reichen.«

Sophie nickte dankbar, kletterte leise vom Stuhl, schob ihn an seine alte Stelle, schloss den Kleiderschrank, schnappte sich die

Tüte und wartete, bis Bob durch das Schlüsselloch gesaust kam.

»Hast du die Puppe?«, flüsterte das Gespenst aufgeregt.

»Sie muss in dieser Tüte sein«, wisperte Sophie zurück. »Lass uns in meinem Zimmer nachsehen.«

Zurück in ihrem Zimmer, hob sie einen bunt schillernden Karton aus der raschelnden Tüte.

Ja, es war tatsächlich eine Kristmäs Krissie, die ihre Eltern auf dem Weihnachtsmarkt so auffällig unauffällig besorgt und im Schrank versteckt hatten. Die Puppe hatte große, glänzende Augen, langes, ebenfalls glänzendes Haar und trug ein rosa schimmerndes Röckchen. Insgesamt sah sie eigentlich ziemlich niedlich aus. Sophie öffnete den Karton behutsam, ohne ihn an irgendeiner Stelle einzureißen oder zu verknicken. Schließlich wollte sie die Puppe später wieder an ihren Platz im Schrank bringen.

Endlich hielt sie die Puppe in den Händen, während Bob um sie herumsauste.

»Nun frag sie doch schon, Sophie! Ist Tim Bling geizig und gierig? Wo wohnt er? Wovor hat er besonders Angst?«

»Nun warte doch«, sagte Sophie. »Ich muss sie erst einmal einschalten. Außerdem solltest du dich lieber verstecken. Wer weiß schon, ob solche Puppen Gespenster sehen können.«

»Okay, ich mache mich unsichtbar! Auf jeden Fall so unsichtbar, wie ich kann.«

Tatsächlich wurde Bob fast unsichtbar, nur ein kleines Glitzern oder Schimmern in der Luft verriet Sophie, dass er noch direkt neben ihr schwebte.

»Ich muss das noch ein bisschen üben«, kam es aus der glitzernden Luft. »Hast du sie schon eingeschaltet?«

Sophie suchte die ganze Puppe ab, bis sie schließlich doch einen kleinen Knopf am Knöchel fand.

»Jetzt sei bloß leise, Bob!«

Sie drückte auf den Knopf. Die Augen der Puppe begannen zu leuchten. Sie klimperte mit den Wimpern, drehte den Kopf anmutig zu Sophie und strahlte sie an.

»Ich bin Kristmäs Krissie. Ich hab dich lieb!«

»Moment mal«, murmelte Sophie, »du kennst mich doch noch gar nicht, woher willst du wissen, dass du mich lieb hast?«

Die Puppe ließ sich von dem Einwand nicht beirren.

»Ich hab dich lieb, Sophie Schrödinger, Klasse 3b, Grundschule Kleine Kobolde. Du hast keine Freunde. Jetzt bin ich deine beste Freundin, Sophie.«

»Du kannst ja gar nicht wissen, ob ich Freunde habe!«

»Du magst Zimtsterne, Kirschmarmelade und Babykätzchen. Soll ich dir Zimtsterne bestellen, Sophie?«

»Frag sie, was sie über Tim Bling weiß!«, flüsterte Bob.

»Danke«, sagte Kristmäs Krissie. »Ich habe dir bei BLING BLING Zimtsterne bestellt.«

»Was?«, fragte Sophie. »Wieso? Ich habe doch gar nichts von Zimtsternen gesagt.«

»Danke!«, antwortete die Puppe. »Ich habe dir bei BLING BLING Kirschmarmelade bestellt.«

»Jetzt frag schon!«, drängte Bob.

»Gut, okay …«, begann Sophie.

Kristmäs Krissie klimperte mit den Wimpern.

»Ich bin deine Freundin, Sophie. Deine beste Freundin. Du kannst mich alles fragen.«

»Sag mal, Krissie, dein Erfinder ist doch Tim Bling …«

»Du möchtest mehr BLING-BLING-Produkte bestellen? Kein Problem, Sophie! Ich habe dir bei BLING BLING soeben das leuchtende Jo-Jo FLÄSCHI bestellt, bei dem sich die Schnur nie verknotet. Mit FLÄSCHI wird jede zur Jo-Jo-Meisterin, sogar du, Sophie!«

»Nein, ich brauche nicht noch mehr Spielzeug.«

»Du brauchst eine Freundin, Sophie. Ich bin jetzt deine Freundin. Deine beste Freundin.«

»Hör mal, Krissie«, sagte Sophie ungeduldig. »Dein Erfinder Tim Bling ist uns irgendwie komisch vorgekommen …«

»Uns?«, fragte die Puppe mit klimpernden Wimpern. »Wer ist denn *uns*?«

»Ich meine natürlich mir. Mir ist Tim Bling merkwürdig vorgekommen. Was kannst du uns … äh … mir über ihn erzählen?«

Zum ersten Mal schwieg die Puppe, dann drehte sie sich einmal um sich selbst wie eine Ballerina.

»Für mich gibt es bei BLING BLING tolle neue Outfits! Wie wäre es mit dem tollen Sportkleid PÄRFORMÄNZ, das leuchtet bei jeder Bewegung. Soll ich es für dich bestellen?«

Sophie schüttelte den Kopf.

»Tim Bling hat gesagt, dass ihr Puppen einfach alles wisst. Und dass ihr den Kindern nützliche Dinge beibringt.

Also, Krissie: Zeig mir, dass das auch stimmt! Was weißt du über Tim Bling?«

Die Puppe starrte Sophie an und vergaß dabei sogar, mit den Wimpern zu klimpern. Aus dem Augenwinkel sah Sophie, wie der silbern glänzende Lufthauch, zu dem Bob geworden war, ganz nah an ihr Ohr huschte.

»Jetzt!«, wisperte das Gespenst. »Jetzt wird sie alles verraten!«

Und da begann die Puppe zu erzählen.

»Tim Bling, mein Erfinder, ist einfach ein Genie«, sagte die Puppe, wobei sie schwärmerisch mit den Augen rollte. »Bald kann ich dir heute schon Dinge bestellen, an die du morgen erst denken wirst, meine beste Freundin. Und das nur wegen der Vorstellungskraft des genialen Tim Bling.«

»Vorstellungskraft?«, fragte Sophie nach. »Du meinst Fantasie!«

Die Puppe riss entsetzt die Augen auf.

»Nein! Keine Fantasie! Tim Bling hasst Fantasie und alles, was damit zu tun hat.«

Sophie konnte sich nicht vorstellen, wie man die Fantasie hassen konnte.

»Er hasst Fantasie? Schon immer?«, fragte sie.

Die Puppe wackelte eine Weile mit dem Kopf hin und her.

»Nein, nicht schon immer«, sagte sie schließlich. »Als Kind hatte Tim Bling viel zu viel Fantasie.«

Sophie nickte. »Ja, das kenne ich. Erzähl mir mehr, Krissie!«

»Der kleine Tim hatte so viele Fantasiefreunde, dass er keine echten finden konnte. Er hatte vor allem Angst. Besonders vor Gespenstern.«

Sophies Herz begann, schneller zu schlagen, während der

Lufthauch neben ihr, in dem sich Bob verbarg, beinahe knisterte.

»Erzähl, Krissie, erzähl!«

»Als der kleine Tim neun Jahre alt war, wurde es in der Adventszeit besonders schlimm. Die anderen Kinder glaubten schon lange nicht mehr an den Weihnachtsmann oder das Christkind. Aber Tim glaubte an sie. Die Kinder lachten ihn so lange aus, bis er eine Entscheidung traf: Er würde überhaupt nicht mehr an Fantasiewesen glauben, nicht mehr an das Christkind, den Weihnachtsmann, den Oster-

hasen, die Elfen und erst recht nicht an irgendwelche Gespenster. Er würde seine Fantasie einfach begraben. Und er würde auch nicht mehr schüchtern sein. Im Gegenteil:

Jetzt würde er das lauteste Kind in der ganzen Klasse werden. Und das beliebteste. Und so kam es auch. Seitdem gelingt Tim Bling alles, was er anfasst. Aber seit diesem schrecklichen Advent hasst er die Fantasie, vor allem aber hasst er Weihnachten und alles, was mit dem Weihnachtsfest zu tun hat.«

Sophie runzelte die Stirn. »Und trotzdem hat er dich, die Puppe Kristmäs Krissie erfunden. Das passt doch nicht zusammen.«

»Doch«, widersprach die Puppe. »Seit Tim Bling beschlossen hat, seine Fantasie zu vergessen, liebt er etwas anderes: Geld. Und nie lässt sich mehr Geld verdienen als zur Weihnachtszeit. Diese ganzen Menschen, die an irgendeinen besonderen Zauber von Weihnachten glauben!« Die Puppe gab ein mechanisch klingendes Lachen von sich. »Sie geben das Geld mit vollen Händen aus, um etwas von diesem Zauber zu erhaschen. Aber das wird niemals klappen. Und so wird Tim Bling immer reicher und reicher und reicher und reicher und reicher und reicher und reicher und reicher ...«

»Alles in Ordnung mit dir, Krissie?«

Die Puppe ruderte mit den Armen, drehte den Kopf hin und her und hielt die Augen geschlossen.

Plötzlich ertönte eine Stimme, allerdings nicht aus dem Mund, sondern aus dem Bauch der Puppe. Es war die sanfte, ruhige Stimme einer Frau, die klang wie eine dieser Durchsagen im Zug.

»Ihre Puppe erhält eine Sicherheitsaktualisierung. Ein neues Betriebsprogramm wird von BLING BLING automatisch aufgespielt. In Kürze können Sie Ihre Puppe wieder wie gewohnt benutzen. Haben Sie vielen Dank für Ihr Verständnis.«

Kristmäs Krissie ruderte ein letztes Mal mit den Armen, dann riss sie die Augen wieder auf und strahlte Sophie an.

»Ich bin deine Freundin, Sophie! Deine beste Freundin!«

»Jaja, ich weiß«, sagte Sophie. »Jetzt erzähl mir mehr von Tim Bling! Wann genau hat er denn angefangen, Weihnachten zu hassen?«

Die Puppe schüttelte den Kopf und klimperte unschuldig mit den Wimpern.

»Darüber weiß ich nichts, Sophie. Magst du Sticker? Soll ich dir glitzernde Einhornsticker bestellen?«

Sophie verlor langsam die Geduld.

»Was soll das heißen, du weißt nichts darüber? Du hast mir doch gerade von Tims trauriger Kindheit erzählt.«

Die Puppe lächelte. »Vielen Dank, Sophie. Ich habe dir die Einhornsticker bestellt. Ich bin deine Freundin, Sophie! Deine beste Freundin!«

Der silbern glänzende Hauch wirbelte um Sophies Kopf herum.

»Sie wird uns nichts mehr sagen«, wisperte Bob ihr ins Ohr. »Wahrscheinlich hat die Firma gemerkt, dass sie zu viel verraten hat, und sie umprogrammiert. Aber das macht nichts. Ich weiß genug!«

»Du weißt wirklich genug?«, flüsterte Sophie zurück.

»Ja!«, sagte in diesem Augenblick die Puppe. »Ich weiß genug, denn ich weiß alles. Was möchtest du wissen, Sophie? Wie das Wetter am Nordpol gerade ist? Warum ein Specht beim Hämmern keine Kopfschmerzen bekommt? Wer den

Luftballon erfunden hat? Frag mich, Sophie! Ich bin deine beste Freundin!«

Sophie winkte ab und gähnte. »Das, was ich wissen will, wirst du mir sowieso nicht sagen. Aber wir wissen auch so genug.«

»Wir? Wer ist *wir*?«, fragte die Puppe nach.

»Weißt du was, Krissie? Ich schalte dich jetzt aus. Es ist schließlich noch nicht Heiligabend.«

Die Puppe lächelte süßlich. »Das ist leider nicht möglich, Sophie. Wenn Kristmäs Krissie einmal aktiviert ist, lässt sie sich nicht mehr ausschalten. Wie eine echte Freundin. Ich bin deine Freundin, Sophie! Deine beste Freundin! Möchtest du mit mir spielen? Möchtest du meine Haare kämmen? Du kannst sie sogar färben mit dem tollen INSTÄNT-BLONDIE-SET von BLING BLING! Soll ich es für dich bestellen?«

Sophie drückte auf den kleinen Knopf am Knöchel, aber die Puppe ließ sich tatsächlich nicht mehr ausschalten. Also stopfte sie sie zurück in ihre Verpackung, die sie unter ihr Bett schob.

Aus dem kaum wahrnehmbaren Silberhauch wurde wieder Bob, das Weihnachtsgespenst in Ausbildung.

»Man kann das Ding nicht ausschalten!«, sagte Sophie verzweifelt. »Was machen wir denn jetzt?«

»Ich könnte ein wenig herumspuken«, schlug Bob vor. »Und du legst dich am besten schlafen, Sophie. Du siehst hundemüde aus!«

12

In der Schule war Sophie immer noch hundemüde. Kein Wunder, sie hatte ja auch die halbe Nacht damit verbracht, die Kristmäs-Krissie-Puppe heimlich aus dem Schlafzimmer ihrer Eltern zu holen, sich mit ihr über Tim Bling zu unterhalten und dann zu versuchen, sie irgendwie auszuschalten. Aber das hatte leider nicht funktioniert. So lag die Puppe weiterhin hellwach in ihrer Verpackung unter Sophies Bett, während ein unsichtbares Gespenst auf demselben Bett seinen Tagesschlaf hielt.

Sophie fragte sich, was in dieser Adventszeit wohl noch alles passieren würde. Am liebsten würde sie nach der Schule ein langes Nachmittagsnickerchen halten, aber das würde nicht gehen, denn sie hatte sich ja mit Anton verabredet.

Tatsächlich war Anton den ganzen Schultag über aufgeregt und zwinkerte ihr ständig zu. Er erzählte seinen Freunden in der Pause sogar ganz stolz, dass er heute Sophie besuchen würde, und das wunderte sie doch sehr. Eigentlich hatte sie damit gerechnet, dass es ihm peinlich sein würde.

Doch als der große Bosse zu Anton sagte: »Ach, Sophie, der Fisch, der nie spricht, blubb, blubb, blubb!«, da streckte Anton ihm einfach die Zunge raus und ließ ihn stehen.

Als Anton am Nachmittag bei Sophie war, boten ihre Eltern ihm Zimtsterne mit Kirschmarmelade an, die ein Paketbote völlig überraschend vorbeigebracht hatte.

Sie fragten Anton alles Mögliche über die Schule und sagten peinlicherweise dauernd, wie froh sie waren, dass Sophie endlich einen Freund in ihrer Klasse gefunden hatte.

Doch irgendwann waren die beiden Kinder endlich alleine in Sophies Zimmer. Sophie sah, dass Bob, das Gespenst, immer noch auf ihrem Kopfkissen schlummerte, und sie hoffte, dass er nicht alles durcheinanderbringen würde.

Anton, der immer noch zwei Pullover übereinander trug, obwohl es in Sophies Zimmer ziemlich warm war, funkelte sie neugierig an.

»Und? Hast du wirklich eine? Eine echte Kristmäs Krissie?«

»Logo«, sagte Sophie und zog die verpackte Puppe unter dem Bett hervor.

Schon unter der Plastikfolie begann Kristmäs Krissie, mit den Augen zu klimpern.

»Hallo, Sophie!«, sagte sie, sobald sie aus der Box befreit war. »Ich bin deine Freundin, Sophie! Deine beste Freundin!«

»Wow!«, sagte Anton. »Die ist ja wirklich toll!«

»Krissie«, sagte Sophie, »das ist mein Freund Anton.«

»Hallo, Anton!«, sagte die Puppe. »Ich bin deine beste Freundin! Ist dir kalt, Anton? Soll ich dir einen Schal bestellen?«

»Oh, so eine muss ich haben!«, sagte Anton. »Am liebsten natürlich den Kristmäs Kris im Astronautenkostüm.«

»Kristmäs Kris ist das beste Weihnachtsgeschenk für Jungs in jedem Alter. Greift zu, solange der Vorrat reicht!«, mischte sich die Puppe ein.

Anton zog die Schultern hoch. »Tja, sag das mal meinen Eltern. Die sind absolut gegen so eine Puppe.«

»Kann ich verstehen«, murmelte Sophie.

»Danke, Anton!«, sagte die Puppe. »Ich habe dir einen schönen Schal bestellt. Er wird mit der Kreditkarte von Sophies Eltern bezahlt.«

»Danke!«, sagte Anton. »Sag mal, Krissie, kannst du meine Hausaufgaben machen?«

Sophie verdrehte die Augen, wobei sie bemerkte, dass Bob inzwischen wach geworden war und neugierig durch das Zimmer huschte.

Gespenster waren tagsüber zwar unsichtbar, aber Sophie hatte inzwischen gelernt, auf das leichteste Flimmern der Luft zu achten, und so wusste sie immer, wo Bob sich befand. Gerade schwebte er genau über Antons Schulter. Hoffentlich würde er sich nicht verraten.

»Pssst!«, machte sie deshalb wieder und legte den Finger an die Lippen.

»Schon wieder eine Mücke?«, fragte Anton.

Doch bevor Sophie antworten konnte, klopfte es an ihre Zimmertür.

»Sophie?«, fragte ihr Vater von draußen.

»Einen kleinen Moment!«

Sophie stopfte Kristmäs Krissie zurück in die Packung und schob sie schnell unter das Bett.

»Halt bloß die Klappe!«, flüsterte sie der Puppe zu.

»Mklar! Ipf bin deine Freundin! Deine eimpfige Freundin«, kam es gedämpft aus der Kiste zurück.

In diesem Augenblick stand ihr Vater auch schon im Zimmer und streckte ihr ein leuchtendes Jo-Jo entgegen.

»Sag mal, Sophie, hast du das vielleicht bestellt? Wurde gerade per Expresspost geliefert.«

»Ich?« Sophie machte große Augen. »Ich habe gar nichts bestellt.«

»Tja, mmh, merkwürdig. Mama war das auch nicht. Und vorhin kam ja schon dieses Päckchen mit Zimtsternen und Kirschmarmelade.«

»Das muss wohl ein Zufall sein.«

»Merkwürdiger Zufall. Aber von einem leuchtenden Jo-Jo habe ich schon als Kind geträumt, das behalte ich!«

»In Ordnung, Papa. Viel Spaß damit!«

Als ihr Vater verschwunden war, flüsterte Sophie Anton ins Ohr: »Die Sachen hat Kristmäs Krissie bestellt. So etwas macht sie dauernd. Sie weiß genau, was ich mag.«

»Aber das ist doch genial!«, sagte Anton.

»Das findest du genial? Ich finde das eher unheimlich.«

»Ich finde es super«, entgegnete Anton. »Sie hat genau gewusst, dass ich noch einen Schal brauche!«

»Noch einen?«

»Es ist Dezember, Sophie!«

Anton schüttelte sich, als ob ihm in seinen beiden Pullovern in Sophies beheiztem Kinderzimmer immer noch kalt wäre. Dann ließ er die Schultern hängen.

»Aber du weißt ja: Meine Eltern werden mir niemals einen Kristmäs Kris schenken. Du weißt gar nicht, wie viel Glück du hast.«

»Ich kann dir meine Krissie nach Weihnachten gern schenken«, schlug Sophie vor.

»Ipf bin deine Freundin, Sophie! Deine eimpfige Freundin«, protestierte die Puppe unter dem Bett hervor.

Anton schüttelte den Kopf. »Was würden deine Eltern

denn dann sagen, Sophie? Nein, es gibt nur eine einzige Möglichkeit, wie ich an meinen eigenen Kristmäs Kris kommen kann. Und dabei würden wir gleichzeitig den genialen Tim Bling treffen.«

»Das ist interessant«, sagte Sophie und zwinkerte dem Luftflimmern zu, in dem sich das Weihnachtsgespenst verbarg. »Leg los, Anton!«

13

Mit einem aufgeregten Funkeln in den Augen erzählte Anton von dem großen Kris&Krissie-Tanzwettbewerb, der in wenigen Tagen stattfinden sollte.

Zwei Kinder, die den Kris&Krissie-Tanz besonders gut konnten, würden in die Fabrik eingeladen, in der die Puppen hergestellt wurden. Sie hatten sogar eine Chance, eine der Puppen zu gewinnen.

»Diesen Tanz«, berichtete Anton, »kann man sich im Internet ansehen. Zu blöd, dass ich kein Handy habe. Und du hast ja auch keins, oder? Vielleicht können wir deine Eltern fragen?«

Sophie wischte den Vorschlag beiseite. »Ach was, das kann uns doch Kristmäs Krissie beibringen. Dann ist sie auch einmal für etwas gut.«

Sophie kramte die Packung wieder unter dem Bett hervor, holte die Puppe heraus und forderte sie auf, ihr den Kris&Krissie-Tanz zu zeigen. Das ließ sich Krissie nicht zweimal sagen!

Aus dem Lautsprecher in ihrem Bauch ertönte dieselbe aufpeitschende Musik, zu der Tim Bling beim Weihnachtsmarkt aufgetreten war. Krissie verdrehte dazu Arme, Kopf und Beine auf abenteuerlichste Art. Der Tanz war ziemlich kompliziert und schwer zu lernen, sodass Sophie und Anton bald ins Schwitzen kamen. Anton zog sogar einen seiner beiden Pullover aus. Aus dem Augenwinkel sah Sophie, dass auch das kleine Gespenst mittanzte – jedenfalls soweit sie das an dem leichten Flimmern in der Luft erkennen konnte. Wieder und wieder spielte Krissie das Lied ab und wiederholte die Bewegungen. Sie half den Kindern sogar bei der komplizierten Abfolge und Sophie musste zugeben, dass sie eine ziemlich gute Lehrerin war. Anton wurde immer fröhlicher, je besser er den Tanz hinbekam.

»Damit werden wir bestimmt gewinnen, Sophie! Ich werde das jetzt jeden Tag üben. Wie gut, dass du Kristmäs Krissie aus dem Schlafzimmer deiner Eltern gemopst hast!«

In diesem Augenblick klopfte es wieder an die Tür. Diesmal war es Sophies Mutter.

»Was macht ihr denn da drin?«

»Nicht reinkommen, Mama!«

»Jaja, schon gut. Ich höre nur immer wieder dieselbe Musik.«

»Das ist für unser Schultheaterstück.«

»Ach so. Macht Anton da auch mit?«

»Ja klar!«, flunkerte Sophie.

»Ich wollte dich nur fragen: Hast du Stickerbögen mit Einhörnern bestellt? Die sind gerade angekommen.«

»Habe ich nicht bestellt. Aber du darfst sie gern behalten, Mama!«

»Oh, danke!«

Sophie wusste, wie sehr ihre Mutter glitzernde Einhörner liebte. Als sie sicher war, dass sie nicht mehr vor der Tür stand, verfrachtete sie Kristmäs Krissie wieder in die Packung.

»Ich glaube, wir können den Tanz jetzt allein weiterüben«, flüsterte sie Anton zu. »Ich muss die Puppe unbedingt wieder im Kleiderschrank meiner Eltern verstecken, sonst kriegen sie noch raus, dass ich meine Geschenke vor Heiligabend auspacke. Das würden sie mir nie verzeihen. Kannst du sie ablenken?«

»Klar!«, sagte Anton und machte sich gleich auf den Weg ins Wohnzimmer.

Dort verwickelte er Sophies Eltern in ein lebhaftes Gespräch darüber, welche Socken am wärmsten hielten, wie lang ein Schal sein sollte und ob Fingerhandschuhe oder Fäustlinge die beste Wahl im Winter waren. Sophie schlich sich am Wohnzimmer vorbei in das Elternschlafzimmer und schaffte es, die Puppe wieder im obersten Fach hinter den Pullovern zu verstecken.

»Krissie, du darfst bis Heiligabend kein Wort sagen!«, schärfte sie der Puppe ein. »Sonst bin ich entdeckt und du bist kein richtiges Geschenk mehr!«

»Mklar! Ipf bin deine allerbepfte Freundin! Ipf hab dipf lieb!«, tönte es aus der Packung.

Sophie hoffte sehr, dass die Puppe ihr Wort halten würde. Sie schloss den Kleiderschrank und gesellte sich im Wohnzimmer zu Anton und ihren Eltern, wo sie noch eine Weile über den Kratzfaktor von Wolle, die richtige Temperatur von Kakao und die krümeligsten Weihnachtsplätzchen plauderte.

Nachdem Anton von seinem Vater abgeholt worden war, strahlten ihre Eltern Sophie an.

»Wie schön, dass du jetzt Freunde findest!«, sagte ihr Vater, wobei er das Jo-Jo auf und ab flitzen ließ.

»Dieser Theaterkurs war genau die richtige Idee«, ergänzte ihre Mutter und klebte gedankenverloren ein Glitzereinhorn auf die Stuhllehne.

»Der Theaterkurs!«, rief Sophie. »Morgen ist die erste Probe. Ich muss unbedingt meinen Text auswendig lernen.«

»Aber nicht zu lange«, sagte ihr Vater. »Es ist schon spät und du siehst ziemlich müde aus.«

Ihr Vater hatte recht. Draußen war es schon lange dunkel und Sophie war wirklich müde. Aber nicht zu müde, um sich noch mit Bob, dem Weihnachtsgespenst in Ausbildung, zu unterhalten. Jetzt, wo die Sonne untergegangen war, schwebte es wieder in seiner vollen blau und weiß leuchtenden Nebelpracht vor ihr.

»Hast du alles mitbekommen, Bob?«

»Ja!«, rief das Gespenst. »Ich kann sogar den Tanz, soll ich ihn dir zeigen?«

Das Gespenst begann den Kris&Krissie-Tanz und war dabei so eifrig, dass es fast in einzelne Stücke zerfloss.

»Toll, Bob«, sagte Sophie. »Aber das Wichtigste ist doch, dass wir Tim Bling treffen können. Dann kannst du ihn so lange erschrecken, bis er ein gutherziger Mensch geworden ist, und dann bist du ein richtiges Weihnachtsgespenst.«

»Mmmh«, sagte Bob nachdenklich. »So einfach ist das nicht. Aber ich habe eine Idee. Bist du schon einmal durch die Zeit gereist, Sophie?«

»Noch nie. Aber das würde ich unglaublich gern einmal machen.«

»Kein Problem, Sophie. Ich nehme dich mit.«

»Ist das denn gefährlich?«

»Für Geister nicht. Für Menschen? Keine Ahnung. Aber jetzt solltest du schlafen, Sophie. Ich werde ein wenig durch die Stadt spuken und dafür sorgen, dass alles etwas weihnachtlicher wird: Tannennadeln sollen glitzern, Weihnachtskekse duften und am besten soll es bald schneien. Das gehört nämlich auch zu den Aufgaben von uns Weihnachtsgespenstern.«

»Na gut.« Sophie gähnte. »Ich gehe ins Bett. Nein! Ich habe den Text noch nicht gelernt!«

»Lass das mal meine Sorge sein«, sagte Bob kichernd, während er schon durch das Schlüsselloch verschwand. »Ich kenne die Geschichte auswendig. Gute Nacht, Sophie!«

Sophie war sehr nervös, denn es war die erste Theaterprobe ihres Lebens.

Sie stand dort mitten in der Turnhalle, die anderen Schülerinnen und Schüler saßen auf Bänken und starrten sie an.

Frau Pfeffenpuhl saß mit einer Brille auf der Nase und dem zusammengehefteten Textbuch auf einem hohen Turnkasten.

»Also, Sophie, du hast den Text auf Seite vier gelernt, oder?«

»Logisch«, flunkerte Sophie und hoffte, dass Bob ihr wirklich helfen würde. Jedenfalls hatte er es versprochen und er schwirrte auch schon als kaum wahrnehmbares Flimmern ganz in ihrer Nähe herum.

»Anton!«, rief Frau Pfeffenpuhl.

Ja, Anton hatte sich tatsächlich noch schnell zur Theatergruppe angemeldet. Sophie wusste auch nicht, warum. Doch nicht etwa, damit er in ihrer Nähe sein konnte?

Anton rappelte sich auf und tapste mit einem verlegenen Grinsen nach vorn. In der Turnhalle war es nicht ganz so warm wie in einem Klassenzimmer, trotzdem trug er zwei Pullover, zwei Mützen und einen langen Schal.

»Anton«, sagte Frau Pfeffenpuhl, »wo du schon so winterlich angezogen bist, kannst du Fred, den Neffen des geizigen Geschäftsmanns Scrooge, spielen. Sophie, du sitzt gerade da und zählst dein Geld. Fred kommt von draußen herein und wünscht seinem Onkel Frohe Weihnachten. Anton, du bist ja zum ersten Mal dabei, nimm meine Mappe und lies daraus vor. Also, ihr beiden: Ihr seid jetzt nicht mehr Sophie und Anton, sondern der hartherzige Onkel Scrooge und der fröhliche Neffe Fred. Schafft ihr das?«

Sophie und Anton nickten tapfer. Sophie konnte sich nicht so richtig vorstellen, Antons Onkel zu sein. Anton dachte seinerseits, dass Sophie ganz bestimmt nicht sein Onkel sei und erst recht nicht hartherzig, eher das Gegenteil davon. Aber die beiden würden ihr Bestes geben.

Anton trat durch eine eingebildete Tür und stampfte eingebildeten Schnee von seinen Schuhen.

»Fröhliche Weihnachten, Onkel!«, las Anton langsam vom Blatt ab.

Sophie bekam sofort rote Ohren. Sie hatte schon wieder vergessen, was sie darauf antworten würde.

Aber schon flüsterte ihr Bob, das Weihnachtsgespenst, fröhlich ins Ohr.

»Pah!«, sagte Sophie also. »Weihnachten! Dummes Zeug!«

»Weihnachten dummes Zeug, Onkel?«, las Anton mühsam ab. »Das kann nicht Ihre Erbse … nein … Ihre Ernte … Ihr Ernie …« Anton verschwammen die Buchstaben vor den Augen.

Die ersten Schüler auf den Bänken begannen zu kichern.

»Hilf ihm!«, flüsterte Sophie dem Gespenst zu und schon huschte das Flimmern in der Luft zu Anton hinüber.

»Das kann nicht Ihr Ernst sein!«, sagte Anton darauf mit fester Stimme.

Bob flog schnell zurück zu Sophie.

»Es ist mein Ernst«, antwortete Sophie. »Fröhliche Weihnachten? Was für ein Recht hast du, fröhlich zu sein? Was für einen Grund, fröhlich zu sein? Du bist arm genug.«

Bob flitzte jetzt wie ein Pingpongball zwischen den beiden hin und her.

»Nun«, sagte Anton, »was für ein Recht haben Sie, grämlich zu sein? Was für einen Grund, mürrisch zu sein? Sie sind reich genug.«

»Pah!«, machte Sophie und fühlte sich dabei ganz wie der alte, geizige, grummelnde Scrooge. »Dummes Zeug! Fröhliche Weihnachten! Der Henker hole die fröhlichen Weihnachten! Wenn es nach mir ginge, so müsste jeder Narr, der mit seinem *Fröhliche Weihnachten* herumläuft, mit seinem eigenen Pudding gekocht werden!«

Das mit dem Pudding schrie Sophie so verächtlich heraus, dass es den Zuhörern durch Mark und Bein ging. Sogar Anton schien einen Augenblick lang zu vergessen, dass da nicht sein grimmiger Onkel Scrooge, sondern seine neue Freundin Sophie vor ihm stand.

Nach einer kurzen Stille klatschte Frau Pfeffenpuhl begeistert in die Hände.

»Wunderbar, Sophie! Ganz wunderbar!«

Inzwischen klatschten alle, einige trampelten sogar mit den Füßen auf den Boden. Sophie, die sich plötzlich wieder wie die schüchterne, stille Sophie und nicht wie der pampige Scrooge fühlte, spürte, wie ihre Ohren tomatenrot wurden. Sie machte eine schnelle, kleine Verbeugung und huschte zurück auf ihren Platz auf der Bank.

Anton setzte sich neben sie und knuffte sie mit dem Ellenbogen.

»Das war prima, Sophie! Ganz prima!«

»Du warst aber auch super«, flüsterte Sophie zurück.

»Ja, das war komisch«, murmelte Anton. »Ich war so nervös, dass ich gar nicht mehr richtig lesen konnte. Ich kann sowieso nicht gut vorlesen, erst recht nicht wenn mir alle dabei zugucken. Aber plötzlich war es mir, als würde ein guter Geist auf meiner Schulter sitzen und mir alles zuflüstern. Echt wahr!«

Sophie bemühte sich, so überrascht wie möglich auszusehen. »Das gibt es ja gar nicht!«

»Doch. Es war wie Zauberei. Es hat wirklich Spaß gemacht. Ich freue mich schon auf die nächste Probe!«

»Ja«, murmelte Sophie, »wir uns auch.«

»Wir? Wer ist wir?«

»Ich und mein …« Sophie zwinkerte Anton kurz zu. »… mein guter Geist der Weihnacht!«

15

Die Theaterproben machten Sophie und Anton immer mehr Spaß und die Adventstage flogen nur so dahin.

Bob zog jede Nacht los, um das Spuken zu üben und nebenbei ein paar Weihnachtszauber zu erledigen.

Sophies Eltern wunderten sich, dass die Post ständig irgendwelche Dinge brachte, die sie gar nicht bestellt hatten. Sie konnten ja nicht wissen, dass Kristmäs Krissie im Kleiderschank lag und alles mithörte, worüber sie sich unterhielten. Aber sie beschlossen, sich erst einmal keine großen Gedanken zu machen. Vielleicht dachte jemand an sie, der sie gut kannte?

Auf jeden Fall freuten sie sich über kuschelige Daunendecken, neue Pantoffeln, ein Nachthemd aus Seide, die neuesten Krimis und einen Beamer, mit dem sie an der Schlafzimmerwand Filme anschauen konnten.

Die Abrechnung der Kreditkarte, mit der diese Zauberei bezahlt wurde, würde erst nach Weihnachten ankommen.

Anton besuchte Sophie immer wieder nach der Schule und die beiden übten den Kris&Krissie-Tanz, bis sie ihn perfekt beherrschten. Antons Eltern hatten versprochen, die beiden zur BLING-BLING-Zentrale zu fahren, wo der Tanzwettbewerb stattfinden sollte.

Bob, das Weihnachtsgespenst in Ausbildung, war noch viel aufgeregter als Sophie selbst. Er konnte den ganzen Tag vor dem Wettbewerb nicht schlafen und hielt Sophie in der Nacht noch wach.

»Glaubst du, dass ich es schaffe, Sophie? Wird Professor Phantomio zufrieden mit mir sein? Werde ich dann ein richtiges Weihnachtsgespenst?«

Sophie war sich nicht so sicher.

»Vergiss nicht, dieser Mensch hasst Weihnachten. Hattest du nicht etwas von einer Zeitreise erzählt, Bob?«

Bob grinste ein verschmitztes Geistergrinsen. »O ja! Du wirst sehen, Sophie. Das wird etwas ganz Besonderes!«

Endlich war der große Tag gekommen. Wie versprochen, fuhren Antons Eltern die Kinder am späten Nachmittag zum Tanzwettbewerb. Bob, das Gespenst, war ebenfalls mit an Bord, wovon natürlich weder Anton noch seine Eltern etwas wussten.

Die Zentrale von Tim Blings Firma lag am Stadtrand. Es war ein großes Gebäude mit Fenstern aus verspiegeltem Glas, auf dessen Dach der riesige, goldene Schriftzug BLING BLING in der Abenddämmerung leuchtete. Antons Eltern lieferten die Kinder am Eingang einer großen Konferenzhalle ab und versprachen, in der Cafeteria zu warten.

Als Sophie und Anton sahen, wie viele Kinder in dem Raum versammelt waren, rutschte ihnen das Herz in die Hose. Es mussten Hunderte sein. Die meisten von ihnen waren in Kristmäs-Krissie- oder Kristmäs-Kris-Kostümen gekommen, etwas, woran weder Anton noch Sophie gedacht hatten. Viele machten schon die typischen Schritte des Kristmäs-Tanzes und verdrehten die Arme und Köpfe. Bei den meisten sah es ziemlich gekonnt aus.

Sophie und Anton standen etwas verloren in einer Ecke des Raums herum, als ein großer Kristmäs-Kris-Cowboy ihnen fast über die Füße lief. Es war der große Bosse aus ihrer Klasse.

»Hö, hö, hö!«, lachte er wie ein rüpelhafter Weihnachtsmann aus einem Comicheft. »Die Schwitzmurmel und der schweigende Fisch. Denkt ihr, ihr könntet hier irgendwas abräumen? Während ihr in dieser bescheuerten Theatergruppe irgendwelchen Quatsch wiederholt, den irgendein Idiot vor zweihundert Jahren aufgeschrieben hat, habe ich mir jede einzelne Kristmäs-Kris-Bewegung im Internet reingezogen. Ich werde Tim Bling treffen, und dann werde ich einen fabrikfrischen Kristmäs Kris haben. Fröhliche Weihnachten, ihr Loser!«

Sophie wusste nicht, was plötzlich über sie kam. Sie sprach einfach, ohne darüber nachzudenken.

»Fröhliche Weihnachten! Dummes Zeug!«, rief sie so laut, wie sie nur konnte. »Du solltest mit deinem *Fröhliche Weihnachten* in deinem eigenen Pudding gekocht werden!«

Bei den letzten Worten schaffte sie es, gleichzeitig zu sprechen und gefährlich zu knurren.

Um sie herum wurde es plötzlich ziemlich still und auch Bosse sah sie an, als wäre ihm gerade eine Kokosnuss von einer Palme auf den Cowboyhut gefallen. In diesem Augenblick kamen ein paar Angestellte von BLING BLING in den Raum, die bunte T-Shirts mit dem glitzernden Firmenlogo trugen.

»Pudding?«, fragte eine junge Frau mit knallrosa gefärbten Haaren. »Hat hier jemand etwas von Pudding gesagt?«

Alle starrten Sophie an, die sich wünschte, dass sich ein tiefer Riss in der Erde auftun würde, in dem sie für immer verschwinden könnte. Aber als das nicht geschah, fasste sie sich ein Herz.

»Das war ich«, sagte sie und ihre eigene Stimme kam ihr hoch und quietschend vor wie das Fiepsen einer Maus. »Tut mir leid!«

Aber die Frau mit den bunten Haaren lachte freundlich. »Tja, du bist mir ja eine! Jetzt ist aber nicht die Zeit für Pudding, jetzt ist die Zeit fürs Tanzen. Seid ihr bereit?«

»Jaaaa!«, schrien die versammelten Kinder und am lautesten von allen schrie Bosse.

Die Musik dröhnte aus Lautsprechern, die überall im Raum von der Decke hingen. Hunderte von Kindern zappelten, sprangen, zuckten und drehten sich gleichzeitig.

Nach dem Ende der Musik begleiteten die BLING-BLING-Mitarbeiter ungefähr die Hälfte der Kinder nach draußen. Einige von ihnen schluchzten laut, weil sie aussortiert worden waren. Andere bissen tapfer die Zähne zusammen.

Anton und Sophie waren noch dabei, ebenso wie Bosse, der grinsend und schnaufend neben ihnen stand.

»Jetzt zeige ich euch richtig, was ich draufhabe!«, sagte er, als die Musik wieder loslegte.

Er schwitzte und stampfte neben ihnen, doch Sophie und Anton versuchten, sich nicht aus der Ruhe bringen zu lassen.

Sophie schloss die Augen und sah jede einzelne Bewegung von Kristmäs Krissie vor sich. Sie machte sie nach, genau im Takt der Musik und voller Energie und Leichtigkeit. Doch beim letzten Ton spürte sie einen heftigen Schmerz im Fuß.

»Aua!«, schrie sie in die Stille hinein.

Sie öffnete die Augen und wusste sofort, was geschehen war: Bosse hatte ihr mit einem seiner Kristmäs-Kris-Cowboystiefel auf den Fuß getreten.

Doch anstatt sich zu entschuldigen, hielt er sich selbst den Fuß.

»Auaaaaa!«, jammerte Bosse und zeigte mit dem Finger auf Sophie. »Die da hat mir auf den Fuß getreten!«

»Nein!«, wehrte sich Sophie. »Es war genau umgekehrt!«

Doch Bosse stöhnte noch einmal auf und zeigte auf Anton. »Und der hat mich in den Bauch geboxt!«

»Stimmt ja gar nicht!«

Die Frau mit den rosa gefärbten Haaren kam jetzt mit schnellen Schritten auf sie zu.

»Also, wer streitet, hat hier nichts verloren. Den armen Jungen einfach auf den Fuß treten und in den Bauch boxen. Raus mit euch!«

Sophie konnte es nicht glauben. Wie sollten sie jetzt zu Tim Bling gelangen? Wie sollte Bob ihn auf eine Zeitreise mitnehmen? So würde Bob nie ein Weihnachtsgespenst werden. Mussten sie jetzt tatsächlich gehen? Aber sie hatten keine Wahl, die Frau schob sie energisch auf den Ausgang zu.

Anton und sie waren schon fast draußen, als sie eine Stimme in ihrem Rücken hörten.

»Halt! Diese beiden interessieren mich!«

Die hohe, sich fast überschlagende Stimme erkannte Sophie sofort. Es war Tim Bling.

Er stand auf einer Art Balkon, von dem aus man den ganzen Saal überblicken konnte. Er trug wieder den rot glänzenden Anzug mit dem weißen Kragen, mit dem er aussah wie eine Mischung aus Weihnachtsmann und Topmanager. Er zeigte genau auf Sophie und Anton.

»Diese beiden, die können sich durchsetzen. Dem anderen einfach eins verpassen, das gefällt mir. Das ist genau mein Stil.«

»Aber es war doch umgekehrt!«, rief Anton nach oben, doch Sophie knuffte ihn unauffällig in die Seite. Wenn es

Tim Bling gefiel, dass sie Bosse angeblich angegriffen hatten, dann sollte er es ruhig glauben. Das Wichtigste war doch, dass sie in seine Nähe kamen, sodass Bob seinen Auftrag erfüllen konnte.

Unter den Buhrufen der anderen Kinder führte die Frau mit den rosa Haaren die beiden die Treppe hinauf zu Tim Bling. Sophie ließ den Kopf hängen. Es war so ungerecht! Alle im Raum hielten sie und Anton für Betrüger, die die anderen mit miesen Tricks um ihre Chance gebracht hatten. Dabei hatten sie sich doch solche Mühe gegeben.

Zum Glück sah sie aus dem Augenwinkel das Flirren in der Luft, das bedeutete, dass Bob immer noch bei ihnen war.

»Mach dir nichts draus!«, flüsterte ihr das kleine Gespenst ins Ohr. »Ich werde für Gerechtigkeit sorgen. Das ist genau die Aufgabe von uns Weihnachtsgeistern. Ich bin ja so aufgeregt, Sophie! Schau mal, draußen ist es schon dunkel.«

Sophie warf einen Blick durch eines der großen Fenster. Bob hatte recht: Während ihrer Tanzübungen war es draußen stockdunkel geworden, aber noch etwas anderes fiel ihr auf. Kleine Schneeflocken tanzten im Licht der Straßenlaternen.

»Bob!«, wisperte sie zurück. »Es schneit. Das ist ein gutes Zeichen!«

»Das beste Zeichen überhaupt«, bestätigte Bob. Und schon standen sie vor Tim Bling.

»Du kannst die anderen alle nach Hause schicken«, sagte er in beiläufigem Ton zu der Frau mit den rosa gefärbten Haaren. »Gib ihnen doch ein FLÄSCHI-Jo-Jo als Trostpreis mit. Und lass uns bitte allein, ja?«

Die Frau schien alles andere als begeistert zu sein, aber sie nickte und machte sich auf den Weg. Tim Bling lächelte Sophie und Anton zu.

»Und ihr beiden Racker kommt jetzt mit. Ich zeige euch das Herz meiner Firma. Ihr werdet staunen.«

17

Sophie und Anton kamen aus dem Staunen nicht mehr heraus. Tim Bling zeigte ihnen, wie Tausende und Abertausende von Kristmäs-Kris- und Kristmäs-Krissie-Puppen zusammengesetzt wurden. Riesige Maschinen montierten Beine, Arme und Köpfe. Jeder Körperteil der Puppen war vollgestopft mit Drähten und anderem elektronischen Kram. Wie eine Armee von kleinen Soldaten rückten die Puppen auf einem Fließband vor, und was am Anfang nur ein Haufen Einzelteile war, kam am Ende als fertige Puppe heraus, komplett mit Cowboy-, Astronauten oder Ballerinakostüm.

»Ich nenne es die Traumfabrik«, sagte Tim Bling. »Hier werden die Träume von Millionen von Kindern Wirklichkeit. Ihr könnt euch nicht vorstellen, wie präzise hier gearbeitet wird.«

»Aber hier arbeitet doch gar keiner«, warf Sophie ein, die in der ganzen Fabrik außer Tim Bling selbst noch gar keinen Menschen gesehen hatte.

Tim Bling lachte auf, was ungefähr so klang, wie Sophie es einmal bei einer Hyäne im Zoo gehört hatte.

»Natürlich arbeiten hier keine Menschen, du ahnungsloses Kindlein. Menschen sind unzuverlässig, ungenau und unerträglich. Sie haben Launen, ständig Wehwehchen, sie

wollen Sommerurlaub, Osterurlaub, Herbsturlaub und, brrr, am schlimmsten, Weihnachtsurlaub. Nein, hier arbeiten nur Roboter. Die arbeiten vierundzwanzig Stunden am Tag, ich muss mir kein Gejammer anhören und keine Weihnachtsfeier veranstalten. Gerade vor Weihnachten gibt es so viel zu tun. Und da soll ich womöglich irgendjemandem freigeben, weil er zu Hause Adventslieder singen möchte? Pah! All diese fiesen Biesterchen sollen schließlich eine Puppe bekommen. Ich meine natürlich: all diese süßen Kinderchen. Ihr wollt doch sicher auch eine, oder?«

»Ja! Unbedingt!«, sagte Anton und seine Augen blitzten auf.

»Ihr wisst ja«, fuhr Tim Bling fort und machte einen kleinen Luftsprung, »sie sind das peeeeeerfekte Geschenk: Kristmäs Krissie für die Mädels, Kristmäs Kris für die Jungs! Das peeeeeeerfekte Spielzeug für jedes Kind. Vergesst den Weihnachtsmann! Vergesst das Christkind! BLING BLING ist das Ding, das ich zu Heiligabend bring.«

Während Tim Bling sein Puppenverkaufsprogramm abspulte, waren sie am Ende der Fabrik angekommen, dort, wo die fertigen Puppen aufgereiht und von einem Roboter in ihre Verpackungen gelegt wurden.

Sophie schaute nach draußen, wo inzwischen ein wildes Schneegestöber tobte. *Jetzt oder nie*, dachte sie bei sich. Sie nahm all ihren Mut zusammen.

»Seien Sie doch mal ehrlich, Tim Bling: Sie mögen Weihnachten gar nicht. Sie mögen auch keine Kinder. Und keine Geschenke. Das Einzige, was Sie interessiert, ist Geld.«

Tim Bling lachte wieder sein Hyänenlachen. »Du bist mir ja ein Früchtchen. Pah! Weißt du, solche wie du sollten … sollten … sollten …«

»In ihrem eigenen Pudding gekocht werden?«, schlug Sophie vor.

»Ja, gute Idee!«, antwortete Tim Bling und lachte wieder meckernd.

Sophie streckte ihm die Zunge heraus. Anton sah sie entsetzt an.

»Sophie!«, flüsterte er. »Was machst du denn da? So schenkt er uns doch nie eine Puppe!«

Tim Bling, der auch die scharfen Ohren einer Hyäne besaß, hatte genau gehört, was Anton gesagt hatte.

»Völlig richtig. Warum sollte ich euch eine Puppe schenken, ihr garstigen kleinen Blutsauger? Ich habe es schon immer gewusst: Kinder sind nichtsnutzige, unverfrorene Wesen, die zu viel Fantasie haben und nicht einmal selbst etwas im Internet bestellen können.«

Sophie lächelte verschmitzt. »Da haben Sie recht, Tim Bling. Aber dafür gibt es ja die Puppen. Die bestellen die ganze Zeit irgendwelchen Kram, den man gar nicht braucht. Das Einzige, wozu sie gut sind, ist, Sie noch reicher zu machen. Aber trotzdem wünschen wir aus ganzem Herzen: Fröhliche Weihnachten!«

»Fröhliche Weihnachten?«, schrie Tim Bling. »Pah! Dummes Zeug! Wieso denn *fröhliche Weihnachten*? Was für ein Recht hast du, fröhlich zu sein?«

In diesem Augenblick wirbelten die Schneeflocken nicht mehr nur draußen vor dem Fenster, sondern auch drinnen. Sie tanzten so dicht um sie herum, dass man die eigene Hand kaum noch vor den Augen erkennen konnte. Eigentlich gab es gar kein Draußen und kein Drinnen mehr. Überall war Schnee, der aus keiner bestimmten Richtung zu kommen schien.

Die Roboter, die eben noch eifrig gesurrt und gezischt hatten, waren plötzlich von einer dicken Eisschicht überzogen und blieben mitten in der Bewegung stehen.

Aber obwohl überall um sie herum die Flocken tobten, war es nicht kalt. Im Gegenteil: Sophie, Anton und Tim Bling standen in einem wärmenden, orangen Lichtschimmer, wie im Zentrum einer Adventskerze. Es duftete um sie herum, und zwar nach Bienenwachs, nach frisch gebackenen Plätzchen und nach Tannennadeln. Und anstelle eines pfeifenden Winds hörten sie aus der Ferne ein leises Singen, wie von Engeln.

Der Raum, in dem sie standen, war jetzt ganz verschwunden. Sie waren in dem warmen Lichtschimmer geborgen und rings um sie herum war nur noch Schnee. Aus dem Schnee heraus schwebte langsam eine blau-weiße, schimmernde Erscheinung auf sie zu.

Sophie spürte, wie sich Anton neben ihr ängstlich an sie klammerte. Tim Blings Gesicht war grau wie Asche. Seine Augen wanderten hilflos von Sophie zu der Gestalt und zurück, sein Mund klappte ein paarmal auf und wieder zu.

»Was geschieht hier?«, fragte er mit tonloser Stimme.

Sophie lächelte. Sie wusste genau, was hier geschah.

Bob, das Weihnachtsgespenst in Ausbildung, hatte begonnen, seinen Weihnachtszauber zu wirken.

18

Bald hatte Bob sich in voller Größe vor Tim Bling aufgebaut. Er war zwar nicht besonders groß, aber er gab sich alle Mühe, gespenstisch auszusehen. Er schaute Tim Bling aus weit aufgerissenen, leuchtenden Augen streng an. In den Händen hielt er wieder die schwere Eisenkette, mit der er schaurig rasselte.

»Oh, Tim Bling!«, rief er so gespenstisch wie möglich. »Du schlechter Mensch mit hartem Herzen! Ändere dich, sonst bist du verloren!«

Sophie fand, dass Bob eigentlich immer noch sehr nett klang. Doch Tim Bling sah ziemlich eingeschüchtert aus.

»W… w… w… wer bist du?«, stammelte er.

»Ich bin das Weihnachtsgespenst«, sagte Bob. »Und du, Tim Bling, kommst jetzt mit mir!«

»Okay«, quietschte Tim Bling und klang dabei eher nach Maus als nach Hyäne.

»He, Bob«, sagte Sophie, als das Gespenst sich umdrehte und elegant in eine Richtung schwebte. »Dürfen Anton und ich auch mit?«

»Ja klar, Sophie«, sagte das Gespenst, zwinkerte ihr freundlich zu und schwebte los.

Während sie dem Geist in das weite, weiße Schneefeld folgten, tippte Tim Bling Sophie auf die Schulter.

»Sophie«, flüsterte er. »Woher kennst du seinen Namen? Und woher kennt er deinen? Ist dir dieser Geist schon erschienen, Sophie?«

Anstatt zu antworten, lächelte Sophie bloß wissend.

»Es tut mir leid«, wisperte Tim Bling. »Das mit den nichtsnutzigen Wesen habe ich nicht so gemeint …«

»Ruhe, Sterblicher!«, rief Bob von vorn. »Wir sollten alle still sein. Wir wollen doch von dem, was wir jetzt sehen, nichts verpassen. Psssst! Kommt mit. Seht euch das an!«

Sophie, Anton und Tim Bling schlichen Schritt für Schritt durch den Schnee.

Sophie bemerkte, dass ihre Füße keine Abdrücke hinterließen, so als wären sie selbst zu Geistern geworden. Vor ihnen tauchte jetzt ein großes Gebäude aus roten Ziegelsteinen auf. Von innen hörte man das Rufen und Lachen von vielen Kindern.

»Das ist eine Schule«, murmelte Anton.

»Genau so sah die Schule aus, in die ich gegangen bin«, wisperte Tim Bling.

Sophie nickte.

»Hört sich an, als wäre gerade große Pause.«

Vorsichtig gingen sie weiter. Als das Weihnachtsgespenst einfach so durch die Mauer schwebte, blieben sie verdutzt stehen.

»Kommt!«, ertönte Bobs Stimme von der anderen Seite. »In dieser Welt seid ihr Traumgestalten. Niemand kann euch hören oder sehen. Aber ihr selbst erlebt alles. Nun kommt!«

Sophie atmete einmal tief durch, dann ging sie einfach in die Mauer hinein.

Nach ein paar Schritten stand sie mitten auf einem Schulhof und kurze Zeit später folgten auch Anton und Tim Bling.

Um sie herum tobten und spielten Kinder, deren bunte und weite Kleidung Sophie irgendwie merkwürdig vorkam. Doch Bob drängte zur Eile.

»Kommt mit!«, sagte er und schwebte zielstrebig auf eine

Ecke des Schulhofs zu. »Es ist der letzte Tag vor den Weihnachtsferien. Schaut euch an, was hier geschieht.«

Sie erreichten eine Gruppe von Kindern, die im Kreis herumstanden und lachten. Im Näherkommen sahen sie, dass in der Kreismitte ein kleiner Junge hockte, der mit einem winzigen Holzschlitten und Rentieren spielte, die selbst geschnitzt aussahen. Die größeren Kinder riefen im Chor:

Tim Schlimm,
Tim Schlimm,
Tim, der gar nichts kann,
Glaubt noch an den Weihnachtsmann.

Tim Schlimm,
Tim Schlimm,
Malt Blumen an die Fenster
Und glaubt noch an Gespenster.

Tim Schlimm,
Tim Schlimm,
Glaubt immer noch an Elfen,
Die werden ihm nicht helfen!

Sobald sie »helfen!« gerufen hatten, stürmten die Kinder auf den Jungen zu und schubsten ihn im Kreis herum, sodass er wie ein Flummi vom einen zum anderen flog. Bei jedem Schubser riefen sie wieder ihr *Tim Schlimm*.

Sophie erkannte genau, wer der Junge war, der dort herumgeschubst wurde. Es war Tim Bling, der gerade als

Erwachsener neben ihr stand und fast noch weißer war als der Schnee auf dem Dach des Schulgebäudes.

Bob hatte also nicht zu viel versprochen. Er hatte sie alle auf eine Zeitreise mitgenommen.

Sie waren zu dem Moment in der Zeit gereist, in dem Tim Bling angefangen hatte, Weihnachten zu hassen.

»Lasst ihn!«, rief der erwachsene Tim Bling. »Er hat euch doch nichts getan. Er hat bloß zu viel Fantasie, das ist alles!«

Aber die Kinder schubsten den Jungen immer stärker herum. Bob, das Weihnachtsgespenst, schwebte zu Tim Bling herüber.

»Er kann dich nicht hören. Du kannst die Vergangenheit nicht ändern. Aber du kannst dich erinnern. Sieh ruhig hin!«

Ein großer Junge stieß den kleinen Tim besonders heftig in den Kreis. Tim stolperte, fiel auf den harten Steinboden

und schlug sich das Knie auf. Die Hose war zerrissen, darunter waren Blutstropfen zu sehen. Doch anstatt zu weinen, biss Tim die Zähne zusammen.

»Euch gibt es gar nicht!«, rief er den anderen Kindern zu. »Ihr seid nicht echt! Der Weihnachtsmann, der ist lieb und er ist echt! Die Elfen, die gibt es in Wirklichkeit, und euch nicht. Ihr könnt mich treten und schubsen, so viel ihr wollt. Ich glaube nicht an euch!«

Tim rappelte sich auf und rief den letzten Satz noch einmal so laut, dass er über den ganzen Schulhof schallte: »Ich glaube nicht an euch!«

»So?«, sagte der große Junge, der ihn eben auf den Boden gestoßen hatte. »Wenn wir nicht echt sind, dann kann das hier ja auch nicht echt sein.«

Der Junge ballte die Fäuste und ging langsam auf Tim zu. Auch die anderen Kinder kamen Schritt für Schritt näher.

»Bring mich weg!«, flehte der erwachsene Tim Bling das Weihnachtsgespenst an. »Ich kann das nicht sehen.«

Doch Bob dachte nicht daran. »Sieh gut hin, Tim Bling!«

19

Der große Junge fackelte nicht lange. Er boxte den kleinen Tim mitten in den Bauch. Als die anderen Kinder sahen, dass kein Lehrer zur Rettung eilte, schlugen und traten auch sie zu.

Während sie auf ihn einprügelten, sangen sie wieder:

Tim Schlimm,
Tim Schlimm,
Glaubt immer noch an Elfen,
Die werden ihm nicht helfen!

»He!«, ertönte eine Frauenstimme.

Eine Lehrerin hatte die Rangelei bemerkt und ging mit schnellen Schritten auf die Gruppe zu.

Jedes der Kinder verpasste Tim noch einen Schlag, dann liefen sie lachend in verschiedene Richtungen davon.

Die Lehrerin beugte sich zu Tim hinunter, der schniefend auf dem Boden hockte.

»Alles in Ordnung mit dir?«

Tim sah zu ihr hoch und nickte.

»Nein!«, rief der erwachsene Tim. »Nichts ist in Ordnung mit ihm! Können Sie das nicht sehen?«

Doch die Lehrerin konnte ihn nicht hören. Sie lächelte den kleinen Tim an.

»Wird schon wieder werden, Tim!«

Sie streichelte dem Jungen einmal über den Kopf und ging dann zu einer Kollegin, die auf der anderen Seite des Schulhofs mit einer dampfenden Teetasse auf sie wartete.

Tim blieb mit seinen zerrissenen Kleidern und den geschnitzten Rentieren allein zurück. Er hob eines der Tiere auf, starrte es eine Weile an und warf es dann auf den Boden. Er trat mit voller Wucht darauf, sodass es in viele kleine Holzstückchen zerbrach. Das machte er mit allen Figuren, mit denen er gespielt hatte. Er zog sogar noch weitere geschnitzte Gestalten aus seinen Taschen. Es waren Elfen, Feen und Kobolde darunter. Ihnen allen sah man an, dass sie mit viel Liebe und Sorgfalt gemacht worden waren. Aber auch sie wurden vom kleinen Tim zertreten.

»Nie wieder!«, murmelte er und trampelte auf den Figuren herum. »Nie wieder!«

Sophie sah, dass der erwachsene Tim sich ein paar Tränen von der Wange wischte.

»Mach doch nicht alles kaputt!«, rief er dem kleinen Jungen zu, der er selbst vor vielen Jahren gewesen war.

Der kleine Tim, der gerade ein zierliches Elfenfigürchen zerstampft hatte, horchte auf, als hätte er tatsächlich etwas gehört. Er sah angestrengt in die Richtung, aus der Sophie, Anton, Bob und der erwachsene Tim ihn beobachteten.

»An Gespenster glaube ich erst recht nicht mehr!«, rief er. »Ich hasse sie! Ich hasse meine Fantasie! Am meisten hasse ich Weihnachten!«

In diesem Augenblick schluchzten sie beide, der junge Tim und der erwachsene Tim.

Bob legte ihm eine Nebelhand auf die Schulter.

»Komm«, sagte er sanft. »Ich möchte dir noch etwas zeigen.«

20

Sophie, Anton und Tim Bling folgten dem Weihnachtsgespenst durch die Schulhofmauer und durch dicht wirbelnde Schneeflocken, die aus allen Himmelsrichtungen gleichzeitig kamen, während sie das Gefühl hatten, fast auf Wolken zu laufen.

Sophie rannte, bis sie direkt neben Bob ging.

»Das machst du toll, Bob!«, flüsterte sie ihm zu. »Du bist das beste Weihnachtsgespenst, das je erspukt wurde.«

»Warte mal ab«, flüsterte Bob zurück. »Wir sind noch nicht fertig. Schau mal da!«

Das Gespenst deutete auf ein Fenster, das vor ihnen auftauchte.

Aus dem Fenster leuchtete ihnen gemütliches, warmes Licht entgegen. Sophie, Anton und Tim Bling gingen bis zur Scheibe und sahen in ein Wohnzimmer. Jedenfalls nahmen sie an, dass es ein Wohnzimmer war, denn es standen so viele Pakete, Kisten und Päckchen in allen Größen herum, dass man die Möbel kaum noch erkennen konnte.

Hinter einem besonders hohen Paketstapel ragte noch die Spitze eines Weihnachtsbaums nach oben. In der Mitte dieser Päckchenflut saß ein Junge, der eine Kristmäs-Kris-Puppe an sich drückte.

Sophie und Anton erkannten ihn sofort. Es war Bosse.

»Ich bin dein bester Freund!«, sagte die Puppe. »Was soll ich dir bestellen, Bosse?«

»Eine ferngesteuerte Segeljacht!«, rief Bosse begeistert. »Und eine Spielkonsole! Und eine Ritterburg! Und ein Fahrrad, aber eins mit siebenundzwanzig Gängen!«

»Schon erledigt, Bosse«, sagte die Puppe. »Außerdem habe ich dir das Laserschwert bestellt.«

»Welches Laserschwert?«, fragt Bosse. »Ich habe mir doch gar keins gewünscht.«

»Aber morgen wirst du dir eins wünschen«, antwortete die Puppe. »Ich kenne dich inzwischen besser als du dich selbst. Ich weiß, was du denkst. Du musst es nicht mehr aussprechen. Ich weiß sogar, was du denken wirst, bevor du es selbst denkst. Ich bin doch dein bester Freund, Bosse. Siehst du? Schon habe ich dir das Handy bestellt, von dem du träumst. Das neueste Modell, das einfach alles kann. Natürlich von BLING BLING, denn BLING BLING ist das Ding, das ich zu Heiligabend bring!«

Aus einer Zimmerecke wühlten sich zwei Gestalten durch die Päckchenberge wie durch einen Urwald.

Sophie hatte die beiden

schon einmal auf dem Schulhof gesehen. Es waren Bosses Eltern.

»Hör auf!«, rief Bosses Mutter. Ihr Gesicht war tränenverschmiert. »Sag dieser grässlichen Puppe, dass sie nichts mehr bestellen darf. Wir haben kein Geld mehr!«

Sein Vater versuchte, eine Hand auf seine Schulter zu legen. »Die Sachen machen dich doch auch nicht glücklicher. Wenn das so weitergeht, müssen wir aus der Wohnung ausziehen.«

»Mir egal«, entgegnete Bosse. »Ich will ein Handy! Kris hat es schon bestellt.«

»Du spielst doch gar nicht mit den Sachen. Du triffst nicht einmal mehr deine Freunde.«

»Ich brauche auch keine«, entgegnete Bosse. »Kristmäs Kris ist der peeeeeeerfekte Freund für alle Kinder.«

In diesem Augenblick öffnete sich die Tür. Ein Paketbote stand dort und balancierte noch mehr Kisten und Päckchen auf beiden Armen. Er stolperte über ein Paket auf dem Boden, seine Ladung flog in hohem Bogen mitten ins Zimmer.

»Jaaaa!«, rief Bosse. »Ich will mehr! Mehr! Mehr!«

»Nein!«, rief Tim Bling von außen. »Mehr macht dich nicht glücklicher. Denk doch mal nach! Die Puppe ist nicht wirklich dein Freund!«

»Ich bin dein einziger Freund, Bosse«, sagte die Puppe. »Ich hab dich lieb, Bosse.«

»Und ich habe dich lieb«, entgegnete Bosse. Dann zeigte er auf seine Eltern. »Und euch hasse ich! Ich will meeeeeeeeehr!«

Tim Bling schüttelte den Kopf.

»Bring mich weg von hier, Gespenst der Weihnacht. Ich kann es nicht mehr sehen.«

»Gern«, antwortete Bob verschmitzt. »Komm mit. Ich möchte dir noch etwas zeigen.«

21

Bob führte Tim Bling, Sophie und Anton weg von dem Fenster. Sie wanderten abermals durch den wirbelnden Schnee, der aus allen Richtungen kam.

Schließlich standen sie wieder in der großen Fabrikhalle, in der ihre Reise begonnen hatte. Die Roboter surrten und zischten, die Bänder liefen und die Maschinen spuckten eine Puppe nach der nächsten aus. Doch etwas war anders.

Auf einem Stuhl in der Mitte der Halle saß eine gebeugte Gestalt. Sophie und die anderen traten näher und sie erkannten, dass es ein alter Mann war, der da mit traurigen Augen ins Leere starrte. Sein Gesicht war von tiefen Furchen durchzogen und seine Hände zitterten, als er eine Decke, die um seine Schultern gelegt war, dichter an sich heranzog.

Sophie war, als würde sie diesen Mann kennen. War das etwa Tim Bling? Aber wo waren die Luftsprünge, der federnde Gang, die ganze Energie? Dieser alte Mann sah aus, als hätten ihn jede Kraft und jede Freude verlassen.

Eine große Kristmäs-Krissie-Puppe näherte sich dem Mann und drückte ihm eine Tasse Tee in die Hand.

»Danke, Krissie«, sagte der Mann, während seine zitternden Finger die Tasse entgegennahmen. »Fröhliche Weihnachten.«

»Pah!«, gab die Puppe zurück. »Weihnachten! Dummes Zeug! Wieso denn *fröhliche Weihnachten*? Wenn es nach mir ginge, so müsste jeder Narr, der mit seinem *Fröhliche Weihnachten* herumläuft, mit seinem eigenen Pudding gekocht werden!«

Danach lachte die Puppe ein glockenhelles Lachen, das leer und farblos klang.

Doch dem alten Mann war nicht nach Lachen zumute.

»Warum habe ich keine Familie und keine Freunde, Krissie? Warum habe ich niemanden, der mir fröhliche Weihnachten wünscht?«

»Ich bin deine Freundin, Tim Bling. Deine einzige Freundin!«, antwortete die Puppe. »Du brauchst keine anderen Freunde. Menschen sind unzuverlässig, ungenau und unerträglich. Sie haben Launen, ständig Wehwehchen, sie

wollen Weihnachtsurlaub. Du weißt ja, Tim Bling: Die Menschen sitzen nur noch zu Hause und lassen sich Dinge von uns Puppen bestellen. Niemand geht mehr vor die Tür. Niemand trifft noch Freunde. Niemand geht mehr in die Schule. Niemand feiert mehr Weihnachten. Alle kaufen und kaufen und kaufen und du wirst immer reicher und reicher und reicher und reicher und reicher …«

Der alte Mann konnte die Tasse nicht mehr festhalten, sie fiel ihm aus der Hand und rollte über den Boden.

»Möchtest du noch mehr Freunde?«, fragte die Puppe. »Soll ich dir welche bestellen, Tim Bling? Du weißt ja: BLING BLING ist das Ding, das ich zu Heiligabend bring!«

Die Puppe lachte wieder ihr hohles Glockenlachen.

Die Puppen, die überall auf Regalen standen, selbst die, die halb fertig auf den Bändern vorbeifuhren, stimmten in das Gelächter ein, setzten sich in Bewegung und marschierten im Gleichschritt auf den alten Mann zu.

»Wir haben dich lieb, Tim Bling!«, riefen sie im Chor. »Wir sind deine Freunde. Deine einzigen Freunde!«

Sie kamen immer näher, umringten den alten Mann, der seinen Kopf matt in die Hände nahm.

»Du bist ein Mensch, Tim Bling«, riefen die Puppen. »Du bist unzuverlässig, ungenau und unerträglich. Tim Schlimm! Tim Schlimm! Tim, der gar nichts kann, glaubt noch an den Weihnachtsmann!«

»Hört auf! Lasst ihn in Ruhe!«, schrie der Tim Bling der Gegenwart.

Bob schüttelte ein weiteres Mal den Kopf.

»Sie hören dich nicht, Tim. Und selbst wenn sie dich hören

könnten, sie würden nicht aufhören. Sie sind nicht dafür gebaut aufzuhören. Wenn eine dieser Puppen einmal aktiviert ist, lässt sie sich nicht mehr ausschalten. Das war deine Idee, Tim Bling, weißt du noch? Was du hier siehst, ist das Weihnachten der Zukunft.«

»Bin ich das, der dort so einsam und traurig auf dem Stuhl sitzt?«, fragte Tim Bling mit kaum hörbarer Stimme.

Das Weihnachtsgespenst nickte.

Tim Bling sank auf die Knie und versuchte, Bobs Nebelgewand zu fassen.

»Weihnachtsgespenst!«, rief er flehend. »Ich bin gar nicht mehr so, wie ich eben noch war. Ich will ein ganz anderer Mensch werden! Sag mir bitte, dass es nicht so kommen muss! Dass ich die Bilder, die du mir gezeigt hast, noch ändern kann. Bitte!«

Doch Bob schwieg. Allerdings zwinkerte er Sophie heimlich zu.

»Weihnachtsgespenst!«, rief Tim Bling wieder. »Ich will Weihnachten in meinem Herzen ehren, ich will versuchen, es zu feiern. Ich will in der Vergangenheit, in der Gegenwart und in der Zukunft leben. Die Geister von allen dreien sollen in mir lebendig sein. Ich werde mein Herz dem Geist der Weihnacht öffnen. Bob, Gespenst der Weihnacht, sag mir, dass ich diese schrecklichen Puppen stoppen kann!«

Doch Bob wurde immer durchscheinender, er zerfaserte wie ein Nebelhauch und war schließlich ganz verschwunden. Mit ihm verschwanden auch der alte Mann auf dem Stuhl, die Puppen, die sich auf ihn zubewegten, und die Teetasse, die über den Boden rollte.

Sophie, Anton und Tim Bling befanden sich wieder ganz allein in der Fabrikhalle, wo die Roboter eine Puppe nach der anderen in ihre Verpackung stopften.

Draußen stoben noch immer die Schneeflocken umher.

Tim Bling blinzelte, als wäre er gerade aus einem Traum erwacht, was ja in gewisser Weise auch stimmte. Aber sobald er seine Sinne wieder beisammenhatte, sprang er auf, rannte quer durch die Fabrikhalle und drückte auf einen großen, roten Knopf, den Sophie bislang nicht bemerkt hatte.

Sofort stoppten die Roboter ihre Arbeit, alle Bänder standen still. In der großen Halle, in der es gerade noch an allen Ecken und Enden gesurrt, geschnarrt und gesummt hatte, war kein einziger Laut mehr zu hören.

Tim Bling ging langsam auf Sophie und Anton zu. Als er vor ihnen stand, verbeugte er sich.

»Fröhliche Weihnachten!«, sagte er feierlich.

Und er meinte es so.

22

Wie in jedem Jahr vergingen die letzten Tage vor Heiligabend gleichzeitig zu schnell und zu langsam.

Sophie probte jeden Tag mit Frau Pfeffenpuhl das Theaterstück und blühte in der Rolle des geizigen Scrooge immer mehr auf.

Sie konnte sich fast schon nicht mehr daran erinnern, jemals ein schüchternes Mädchen ohne Freunde gewesen zu sein. Im Gegenteil, jetzt wollten fast alle mit ihr befreundet sein und ständig baten die anderen Kinder sie darum, noch einmal *Pah! Weihnachten! Dummes Zeug!* zu sagen. Und immer wenn Sophie ihrer Bitte nachkam, lachten sie sich kaputt.

Aber sie lachten Sophie nicht aus. Sie lachten, weil sie sie lustig fanden. Viele hielten Sophie sogar für das lustigste Mädchen der ganzen Schule.

Bosse prahlte damit, dass er schon immer Sophies Freund gewesen sei. Er habe schließlich schon gemeinsam mit ihr getanzt. Sophie lächelte und schwieg, wenn Bosse solche Dinge erzählte.

Ihr bester Freund war schließlich Anton, der von niemandem mehr *Schwitzmurmel* genannt wurde. Seit Anton mit Sophie und Tim Bling durch den Schneesturm gegangen war, hatte er keine Angst mehr, sich zu erkälten. Er trug jetzt nur noch einen Pullover und eine Mütze, und das auch nur, wenn es draußen wirklich kalt war.

Bei den Theaterproben spielte er den fröhlichen Fred mit Schwung und Freude, und immer wenn er den Text vergaß, war Bob zur Stelle und flüsterte ihm ins Ohr.

Ja, Bob, das Weihnachtsgespenst in Ausbildung, konnte stolz auf sich sein.

Mit Sophies Hilfe hatte er Tim Bling zu einem ganz neuen Menschen gemacht. Oder eher: zu dem Menschen, der er als Kind einmal gewesen war.

In der ganzen Stadt sprach man darüber, dass die Firma

BLING BLING keine elektronischen Puppen mehr herstellte, sondern nur noch handgeschnitzte Holzfiguren: Elfen, Feen, Rentiere, Engel, Kobolde und Fantasiewesen jeder Art.

Die meisten von ihnen schnitzte Tim Bling selbst. Tag und Nacht saß er in die Arbeit versunken da und summte *Stille Nacht, Heilige Nacht* vor sich hin.

Er hatte alle Roboter aus der Fabrikhalle verbannt, den ganzen Raum weihnachtlich geschmückt und dort als Allererstes ein großes Weihnachtsessen für die armen Leute der Stadt ausgerichtet.

Statt der protzigen Buchstaben BLING BLING leuchtete den Besuchern jetzt ein FRÖHLICHE WEIHNACHTEN! vom Dach des Gebäudes entgegen. In Zukunft sollte der Saal als Schlechtwetterspielplatz, Theater und Sporthalle für Kinder dienen.

Die große Einweihung sollte am Tag vor Heiligabend das Weihnachtsspiel der Grundschule Kleine Kobolde sein.

Sophie war sehr nervös, als der große Tag kam und das Weihnachtsstück endlich aufgeführt werden sollte. Sie wurde noch viel nervöser, als sie sah, wie sich ihre Eltern, Antons Eltern, Frau Pfeffenpuhl und Tim Bling nebeneinander in die erste Reihe setzten. Zum Glück schwebte Bob als kaum wahrnehmbares Funkeln neben ihr in der Luft.

»Du schaffst das schon, Sophie!«

Und sie schaffte es tatsächlich. Die Aufführung wurde ein voller Erfolg, der Applaus wollte gar nicht mehr aufhören.

Besonders laut klatschte Tim Bling.

»Bravo!«, rief er immer wieder. »Bravo! So einer wie Scrooge war ich auch mal! Aber Weihnachtsgeister gibt es in Wirklichkeit, glaubt es mir! Wer reich ist, aber keine Freunde hat, ist in Wirklichkeit arm. Merkt es euch! Bravo!«

Sophie und Anton mussten sich wieder und wieder verbeugen.

Doch Sophie konnte gar nicht schnell genug wieder in der Umkleide sein.

Sie wartete, bis alle anderen gegangen waren, bevor sie in das Flimmern rief, das vor ihr in der Luft schwebte: »Bob, lass dich umarmen!«

Bobs Gestalt wurde weiß und blau schimmernd sichtbar. Sophie umarmte das kleine Gespenst stürmisch, und obwohl sie nichts als Luft zu fassen bekam, geriet Bob ziemlich außer Form.

»Aber was hast du denn, Bob?«, fragte Sophie, als sie bemerkte, dass das sonst so freche Gespenst ungewöhnlich still und nachdenklich war.

»Hach«, seufzte Bob, »ich muss mit Professor Phantomio sprechen. Am besten noch heute. Ich kann ja schlecht warten, bis Weihnachten vorbei ist.«

Sophie grinste und knuffte Bob, wobei sie wieder nur einen Nebelhauch erhaschte.

»Nun sei einmal nicht so schüchtern, Bob. Wenn überhaupt ein einziges Gespenst aus der Geisterwelt es verdient, sich Weihnachtsgespenst zu nennen, dann bist du das. Wenn du willst, kann ich ja mitkommen zu deinem großen Professor Phantomio.«

Bob begann vor Aufregung zu glühen.

»Das würdest du wirklich tun, Sophie? Du würdest mit mir in die Geisterwelt kommen?«

»Klar! Aber nur wenn ich rechtzeitig zur Bescherung wieder zurück bin.«

Bob huschte aufgeregt um sie herum.

»Das ist kein Problem. Wir können eine winzige Zeitreise unternehmen und du kommst genau in dem Augenblick wieder an, den wir gerade erleben. Ich freue mich so, dass du mitkommst, Sophie! Wenn du dabei bist, habe ich keine Angst mehr.«

Sophie lächelte.

»Dann lass uns gehen. Denn ein Weihnachtsgespenst, das Weihnachten verpasst, sollte wirklich in seinem eigenen Pudding gekocht werden!«

Bob wirbelte so schnell um Sophie herum, dass sie die Augen schließen musste.

Als sie sie wieder öffnete, erblickte sie direkt vor sich eine schwere Eichentür.

Ihr Herz pochte bis zum Hals. Auch Bob glühte vor Aufregung.

»Klopf du!«, wisperte er Sophie zu.

Sophie schlug mit der Faust dreimal gegen die schwere Tür.

»Herein!«, ertönte eine donnernde Stimme.

Sophie stemmte sich gegen die Tür, die sich ächzend öffnete.

»Also so was, schon wieder nicht durch das Schlüsselloch!«, hörten sie die Donnerstimme schimpfen.

Doch sobald sie das riesige, staubige, mit Büchern vollgestopfte Zimmer betreten hatte, verstummte der große Phantomio.

Sophie verbeugte sich tief vor dem Geist der Geister. Bob neben ihr tat das Gleiche.

Professor Phantomio brauchte eine Weile, um die Sprache wiederzufinden.

»Eine Besucherin aus der Welt der Menschen?«, knurrte er schließlich mit gefährlich tiefer Stimme. »Was fällt dir ein, Rob? Das hat es seit beinahe tausend Jahren nicht mehr gegeben!«

Bob war so eingeschüchtert, dass er sich fast zu einem völlig durchsichtigen Nebel verflüchtigte.

Doch Sophie trat mutig einen Schritt nach vorn.

»Er heißt Bob, verehrter Professor Phantomio. Und er hat mich in die Welt der Geister mitgenommen, weil ich bezeugen kann, dass er das allerbeste Weihnachtsgespenst aller Zeiten ist.«

»Soso«, brummte der Geist aller Geister. »Wie heißt du denn, Menschenkind?«

»Sophie!«

»Du scheinst mir für einen Menschen nicht besonders schüchtern oder ängstlich zu sein, Sophie.«

»Das habe ich nur Bob zu verdanken! Früher war ich der größte Angsthase der Welt und ich war so schüchtern, dass mich alle nur den schweigenden Fisch genannt haben.«

Professor Phantomio räusperte sich und blätterte in einem dicken, ledergebundenen Buch, das vor ihm auf dem Schreibtisch lag.

»Weihnachtsgespenst, Weihnachtsgespenst«, murmelte er. »Ah, hier haben wir es ja. Nun sag mir, Sophie: Hat Bob einem geizigen und gierigen Menschen einen solchen Schrecken eingejagt, dass er daraufhin ein ganz anderer Mensch geworden ist?«

Sophie nickte eifrig.

»O ja! Dieser Mensch heißt Tim Bling. Durch Bob hat er sein gutes Herz wiedergefunden. Ich kann es bezeugen, denn ich war dabei!«

»Aha, soso«, sagte Professor Phantomio noch einmal, nahm sich eine große Gänsefeder, die er in ein Tintenfass tauchte, und begann, damit auf einem Papier herumzukritzeln, ohne Sophie eines weiteren Blicks zu würdigen.

Sophie sah Bob verwirrt an. Wollte der große Geist sie gar nichts mehr fragen? War es das jetzt mit dem Besuch im höchsten Turmzimmer des Spukschlosses? Hatte sie etwas falsch gemacht?

Bob schien auch keine Ahnung zu haben, was vor sich ging, er schaute sie genauso ratlos an wie sie ihn.

»Sollen wir gehen?«, wisperte Bob ihr zu.

Doch Sophie schüttelte den Kopf. Sie trat noch einen Schritt nach vorn, direkt vor das Pult des großen Geistes.

»Was machen Sie da, Professor Phantomio?«, fragte sie mutig.

Der Geist der Geister schmunzelte. Er streute ein wenig Sand über das Papier in seiner Hand und überreichte es feierlich an Sophie.

»Ich habe eine Lizenz ausgestellt. Bob, das Nachtgespenst, darf sich von nun an ganz offiziell Weihnachtsgespenst nennen. Herzlichen Glückwunsch!«

Jetzt gab es kein Halten mehr für Bob.

Er strahlte wie ein ganzer Weihnachtsbaum, er sauste durchs Zimmer wie ein himmlischer Rentierschlitten, er jubelte wie ein ganzer Engelschor. Sogar ein herrlicher Duft nach Tannennadeln und Bienenwachskerzen machte sich breit.

»Danke!«, rief Bob. »Danke, danke, danke! Mein größter Traum ist wahr geworden!«

Der Geist der Geister zwinkerte Sophie zu.

»Nun aber raus mit euch, ihr beide. Nicht dass ihr noch Heiligabend verpasst.«

Sophie und Bob machten noch eine tiefe Verbeugung und gingen auf die schwere Tür zu.

»Ach, übrigens«, ertönte die Stimme von Professor Phantomio. Sophie und Bob drehten sich zögernd um. Gab es vielleicht doch noch einen Haken?

Aber der Geist der Geister lächelte sie an.

»Fröhliche Weihnachten!«, rief er. »Fröhliche Weihnachten uns allen!«

Für Sophie war es der schönste Heiligabend aller Zeiten.

Alles war noch weihnachtlicher als sonst: Die Kerzen leuchteten heller, die Plätzchen dufteten besser, die Krippenfiguren sahen fast lebendig aus und draußen vor den Fenstern tanzten die Schneeflocken um die Wette.

Sophie wusste natürlich, dass Bob noch einmal seinen ganzen Weihnachtszauber eingesetzt hatte. Es war ihm bestens gelungen, er hatte sein Diplom zum Weihnachtsgespenst wirklich zu Recht erhalten.

Bob huschte, wie sie aus dem Augenwinkel sehen konnte, ständig aufgeregt durch das Wohnzimmer, um hier noch ein Funkeln und dort noch ein Knistern hinzuzaubern.

Sophies Eltern kamen aus dem Staunen gar nicht mehr heraus.

Als sie gerade begonnen hatten, *Stille Nacht, Heilige Nacht* zu singen, klingelte es an der Haustür.

Sophie raste in den Flur und riss die Tür auf.

Anton stand grinsend und schneebedeckt vor ihr.

»Fröhliche Weihnachten, Onkel!«, rief er und stampfte sich den Schnee von den Stiefeln.

»Pah! Weihnachten!«, entgegnete Sophie. »Dummes Zeug! Wieso denn *fröhliche Weihnachten*? Was für ein Recht hast du, fröhlich zu sein? Was für einen Grund, fröhlich zu sein? Wenn es nach mir ginge, so müsste jeder Narr, der mit seinem *Fröhliche Weihnachten* herumläuft, mit seinem eigenen Pudding gekocht werden!«

Die beiden lachten sich fast kaputt und umarmten sich.

Kurz darauf saßen sie mit einer dampfenden Tasse Kakao vor dem Weihnachtsbaum im Wohnzimmer.

Auch Anton blickte sich staunend im überall funkelnden und knisternden Raum um.

»So etwas Weihnachtliches habe ich noch nie gesehen, Sophie. Wie machst du das bloß?«

»Wieso denn?« Sophie sah ihn aus großen, unschuldigen Augen an. »Ich mache doch gar nichts.«

»Gib's zu, Sophie. Du hast ein Geheimnis. Ein Weihnachtsgeheimnis.«

»Vielleicht«, lächelte Sophie und zwinkerte Anton zu.

»Mmh«, machte Anton. »Ist dieses Geheimnis vielleicht fast durchsichtig und ziemlich niedlich, auch wenn es versucht, unheimlich zu sein? Kann dein Geheimnis durch die Zeit reisen und das Gute im Herzen der Menschen finden, selbst wenn es unter lauter Gier und Geiz tief vergraben ist?«

»Kann schon sein«, schmunzelte Sophie.

Anton nippte an seinem Kakao und wurde fast weihnachtsbaumkugelrot.

»Könntest du mir vielleicht verraten, wie dein Geheimnis heißt? Ich wünsche es mir, als Weihnachtsgeschenk!«

Sophie beugte sich zu Anton hinüber und flüsterte ihm ganz, ganz leise ins Ohr: »Bob.«

Anton machte große Augen. »Und Bob ist ein echtes …«

Sophie nickte. »Ein echtes Weihnachtsgespenst.«

»Aber«, wisperte Anton zurück, »wird Bob, dein Weihnachtsgespenst, denn nächstes Jahr Weihnachten wieder bei uns sein?«

»Das fragen wir ihn am besten selbst«, antwortete Sophie.

In diesem Augenblick verschwanden Sophies Eltern glücklicherweise in der Küche, um sich um den Weihnachtspudding zu kümmern, den sie in diesem Jahr zu Ehren des großen Theatererfolgs ihrer Tochter gekocht hatten.

»Bob!«, sagte Sophie deshalb zu dem kaum wahrnehmbaren Funkeln gleich neben der Krippenfigur des Eselchens vor dem Stall von Betlehem. »Kommst du wieder zu uns? Nächstes Jahr, wenn der Advent beginnt?«

Und vor Antons staunenden Augen entstand aus dem Funkeln in der Luft eine kleine, blau-weiß schimmernde Gestalt, die die beiden aus großen Augen freundlich ansah.

»Ja«, sagte die Gestalt, »ich komme wieder. Ich verspreche es, so wahr ich Bob, das Weihnachtsgespenst, heiße. Ich werde immer zu euch kommen, wenn ihr mich braucht. Zündet nur eine Kerze an und denkt an mich. Dann werde ich euch besuchen und wir werden ein Stückchen Weihnachten miteinander feiern, egal wann im Jahr. Denn Weihnachten ist nicht nur ein Datum, Weihnachten ist etwas, das wir alle in uns tragen. Wenn wir weihnachtlich sind, dann sind wir feierlicher, großzügiger und neugieriger als sonst. Wir staunen, wir verzeihen und wir singen, ganz egal welches Lied und wie krumm oder schief es ist. Das Weihnachten in uns können wir immer hervorzaubern, selbst an einem heißen

Tag mitten im August. Doch wenn ihr euch einmal ganz unweihnachtlich fühlt, einsam und traurig, dann ruft mich und ich komme. Selbst im August. Einverstanden?«

Sophie und Anton nickten feierlich. Bob sauste einmal um den Tannenbaum.

»Fröhliche Weihnachten!«, rief er. »Fröhliche Weihnachten euch allen!«

Und dann wurde die Gestalt wieder zu einem Funkeln in der Luft, das schließlich ganz verschwand.

© Johanna Ruebel

Tobias Goldfarb ist Autor, Journalist und Regisseur. Seine Theaterstücke wurden unter anderem am Schauspielhaus Düsseldorf, den Bad Hersfelder Festspielen oder dem Hessischen Staatstheater aufgeführt, als Journalist arbeitet er vor allem für den WDR und das Deutschlandradio. Er lebt mit seiner Familie in Berlin.

Verena Körting, geboren in Köln, studierte Visuelle Kommunikation an der Fachhochschule Düsseldorf. Nach ihrem Diplom und einigen Jahren als Grafikdesignerin in Hamburg kehrte sie 2013 zurück in ihre Heimatstadt. Sie illustriert inzwischen hauptberuflich Kinder-, Vorlese-, Märchen- und Bilderbücher sowie Buchcover für große und kleine Verlage.

Schon ausgelesen? Hier geht's weiter:

ISBN 978-3-8458-3674-4

Stella liebt die Adventszeit über alles. Dreieinhalb Wochen Vorfreude auf Weihnachten! Ihr größter Weihnachtswunsch: ein eigenes Pony. Aber wer bekommt schon ein Pferd geschenkt? Trotzdem schreibt Stella diesen Wunsch auf ihren Wunschzettel. Zu ihrer Überraschung beobachtet sie in der Stadt ein frei laufendes Pony. Wem gehört es? Ob Stella doch noch ein richtiges Weihnachtswunder erleben wird?

Mehr Infos zu den Büchern findest du unter **www.arsedition.de**
Newsletter abonnieren: **www.arsedition.de/newsletter**

arsEdition
... bringt Freude